Einaudi Tascabili. Stile libero
1210

Dello stesso autore nel catalogo Einaudi

Puerto Plata Market
Superwoobinda
Amore mio infinito
Nelle galassie come oggi (con Raul Montanari e Tiziano Scarpa)

Aldo Nove

La piú grande balena morta della Lombardia

Einaudi

www.einaudi.it

ISBN 88-06-16900-9

La piú grande balena morta della Lombardia

La piú grande balena morta della Lombardia

E migliaia di anni fa, prima che Dio si fosse proposto di trarre Adamo dalla polvere, e moltissimo prima che un'immane esplosione desse inizio alla deriva di stelle nella quale la civiltà umana pare abbia infine preso piede, mia mamma mi portava a vedere la piú grande balena morta della Lombardia.

Fino all'ottobre del '72 lo zoo di Como era dotato di strutture atte a ospitare ogni tipo di balena.

Ma quella era infinita, era grande due o tre volte il sistema solare e puzzava tantissimo.

Da quando c'era lei tutta la zona nord della Lombardia vacillava nei miasmi e prima che il sindaco di Como prendesse dei provvedimenti la nostra razza si era completamente estinta.

Pur essendo morta nel giugno del 1972 quella balena piangeva a causa della sua ingiusta morte e fu soltanto per questo che si formarono, negli ampi bacini che ne accolsero le lacrime, il Mar Caspio e il Golfo degli Aranci.

Quando mia madre mi portava alla balena non avevo paura di guardarla.

Mangiavo tantissimi dixi e fissavo oltre i vetri il corpo enorme adagiato.

Un giorno la balena uscí fuori da quel posto e si mangiò tutti quelli che stavano a guardarla.

Poi si mangiò Como.

Poi divorò l'Italia e non sentendosi sazia per nulla andò all'estero dove mangiò la Germania in un solo boccone e tutto il resto dell'Europa subito dopo.

Ma aveva sempre piú fame e attraversò l'oceano.

Mentre lo attraversava se lo beveva.

Arrivata a Cuba si mangiò quella, gli Stati Uniti, il Canada, la Groenlandia e l'America del Sud.

A quel punto la balena piú grande di tutta la Lombardia era diventata piú espansa di tutto quello che era rimasto sulla Terra.

Per dimostrare la sua potenza si mangiò anche quello e poi si mangiò la luna e tutti i pianeti e le stelle e i buchi neri fino a quando non si ritrovò sola davanti a Dio.

Dio si spaventò a morte, non aveva considerato un'eventualità di quel genere tremenda.

Approfittando di quell'attimo di indecisione del nostro creatore la piú grande balena della Lombardia si mangiò anche lui.

Allora non c'era piú niente, ho messo la tutina della Chicco e sono uscito nel nulla assoluto…

I Ricchi e Poveri

Per il decimo anniversario del palio dei rioni di Viggiú la cerimonia conclusiva sarebbe stata particolarmente ricca.

E, prevedendosi grande affluenza di pubblico, si decise di tenere la manifestazione nella piú capiente piazza Albinola, cinta per l'occasione da strutture in legno che l'avrebbero preservata da sguardi morosi.

Alle nove la tensione era già alta.

Stavano per sfilare gli atleti dell'ultimo rione rimasto, il Brusolino.

Tutta la tensione era rivolta ai preparativi dietro al palco.

Mancava un'ora all'apparizione dei Ricchi e Poveri. Uno dei nomi dello spettacolo piú prestigiosi esibitisi mai a Viggiú, dopo forse Orietta Berti due anni prima.

E alle dieci in punto uno scoppio incontrollato d'applausi salutò l'arrivo dei quattro.

Con grinta e simpatia si presentarono al pubblico.

Ricordarono la folle corsa in automobile che dagli studi della Rai li aveva condotti nel nostro paese.

Erano tutti magnifici nonché famosi.

Il nasone, ironico e pensieroso, sempre appartato rispetto agli altri tre.

La brunetta, con l'argento vivo addosso e i suoi affascinanti occhi azzurri, leggermente a mandorla.

Il sardo, biondo e cordiale come il suo sorriso sempre stampato sulle labbra.

E infine la bambolona procace, tutta da guardare nell'attillatissimo abito che indossava.

Gli amplificatori al massimo del volume consentito in una pubblica piazza e probabilmente oltre, allietavano chi, rimasto fuori dal recinto, poteva comunque godere delle note generosamente sparse di là dalle barriere.

E improvvisamente, dilatata all'inverosimile sul palco venne illuminata, da un'unica sinistra luce verde, la faccia del nasone che vomitava sangue e giocattoli tra le parole sconnesse, inumane.

Gli altri tre erano spariti.

Per riapparire tra il pubblico sconvolto, nella calca che si spingeva alle uscite, schiacciando i corpi dei piú deboli.

Erano ora immensi, i Ricchi e Poveri, alti cinque o sei metri, e si portavano alla bocca gente di Clivio e di Baraggia indistintamente, paesani e qualche fan giunto da Varese.

La moretta, arricchitasi di un numero imprecisato di gambe, sfondando con la testa il bar dove molti si erano rifugiati, spingeva la lingua tra i tavolini, risucchiando tra i bambini i piú saporiti.

Il biondo, pelosissimo e lunare, abbarbicato nel centro della piazza alla statua di Garibaldi, con i piedi schiacciava a decine i corpi confusi nel buio.

La vamp era una mucillagine calda, una voragine che risucchiava vecchietti e bambini, poliziotti e farmacisti.

Nel buio del sottopalco attendeva chi, cercando scampo nell'oscurità, trovava la morte.

E il nasone aspirava sul palco tutti quelli che erano rimasti vivi.

Sardegna Sardegna

C'era questo motore che io ricordo fare spruzzi di acqua salata triste come la faccia di Romano Bilenchi. E la luna compatta sul ponte saliva e scendeva a causa di quel motore marino a parlarci di Sardegna ogni anno. Genova era una muraglia circolare innalzata di navi davanti alla folla gremita del cielo del mare ubriaca che tace il rumore delle bottiglie sulla nave ubriaca: che andava nel bar della nave ogni sera. La terra che affondava ai bordi del catino salato del mare. SARDEGNA SARDEGNA gridavo e disegnavo a strattoni l'odore dell'estate di sughero che si gonfiava a dismisura nelle strade di Orisei. E avevo dieci anni e la vita meravigliosa dei ragni procedeva. E il mulo di zio Austinu con la finale in «u» proteggeva dal male. Lontano dalle grigie strade di Varese su cui andavo nella Simca 1000 di mio padre a prendere quaderni rilegati vicino all'inceneritore selvaggio. SARDEGNA SARDEGNA gridavo all'ora delle streghe a mezzanotte il rumore di smalto nell'urina del pitale del legno circolare della casa di mio nonno nella maestà del silenzio sardegnolo nei tre mesi di bacche bruciate dalla luna.

Questi che ho scritto qua sotto sono dei ritratti di personaggi che ci sono o ci sono stati a Orisei, il paese di mia madre e di mio nonno che era è il paese piú bello del mondo e dista quaranta minuti in macchina da Abbasanta.

Mio nonno

Mio nonno era classe Novecento.

Quando ha fatto la guerra è venuto alla fiera di Milano e ha visto quello che c'era nelle novità del secolo e è tornato a Orisei con la memoria di una scatola che da spenta non era niente ma accesa le persone lontane erano fatte di luce e ballavano o spiegando il telegiornale si potevano vedere dappertutto. Lui raccontava questo vicino al camino e gli altri pastori lo prendevano in giro senza nessuna fiducia nella potenza dei sogni guasti a cui seguendo il corso dei decenni si sarebbero abbonati tutti gli abitanti della Sardegna e del mondo.

Mio nonno era un contadino che non parlava mai di se stesso perché si confondeva con la trasmissione infinita che lo diffondeva alla luce del sole che ogni giorno nella sua terra ricominciava il programma della vita e degli alberi.

Mio nonno non aveva la patente nelle strade di Abbasanta le auto non ci passavano ma conduceva l'asino.

Nella casa di mio nonno c'erano gli scarafaggi che al contrario di mio nonno di giorno dormivano di notte uscivano a guardare la Sardegna della dispensa di mio nonno che ha comperato il frigorifero nel 1978.

Mio nonno non ha mai fatto la cacca in gabinetto perché nessuno a Orisei aveva il bagno, ugualmente l'odore della cacca e del rosmarino si confondeva a quello del mirto. Quando nel 1986 mio nonno si è ammalato è stato ricoverato all'ospedale di Ghilarza gli hanno spiegato che doveva fare la cacca nel gabinetto essendo ormai moderno. Lui si è arrabbiato tantissimo spiegava che era innanzitutto maleducazione fare quelle cose in casa e poi chiedeva ai medici dove avevano trovato i soldi per essere cosí ricchi da buttare via tutto il concime per i campi dove coltivava svariate cose tra cui le zucche molte grosse che fatte seccare e svuotate si usavano per prendere l'acqua che a Orisei arrivava dalle otto del mattino alle nove.

Srabatore e ziu Austino

Ziu Austino faceva la cacca in cortile (non aveva il bagno) ma non si vedeva perché era piccolo piccolo, sembrava un gatto che faceva la cacca miagolando e invece era ziu Austino che cacava maledicendo forte forte suo fratello morto Srabatore. Si sentiva il rumore dei peti di ziu Austino e ziu Austino, con la voce di un maiale di due mesi diceva: Srabatore Srabatore maledittu sis tue (Salvatore, Salvatore, che tu sia maledetto).

Era fatto cosí ziu Austino e le dame di carità mettevano un sacco di giornali vecchi nel solaio della sua piccola casa di Orisei, per deposito, e gli portavano qualcosa da mangiare, ad esempio un pezzo di formaggio. Io avevo dieci anni e andavo a trovare ziu Austino e mangiavamo in tre un pezzo di formaggio: ziu Austino, Srabatore morto e io.

Srabatore era su una sedia vuota, non si vedeva ma c'era, zio Austino che era cieco la sapeva lunga su Srabatore, lo poteva vedere ogni momento lí a perseguitarlo e a rubargli dei soldi che aveva.

Ora che ziu Austinu è morto nel cielo Srabatore e ziu Austino dormono assieme in una stanza di nuvole e nessuno piú li scherza come degli scemi del paese e sono ricchi e riveriti e hanno un bagno vero di ceramica e oro.

Ugo

Ugo era un uomo grosso del continente marito di Maria. Era l'uomo piú forte della terra e abitava in fondo alla strada. Maria era sorda e gridava Uuuuuuu-uuuuuuuuuuuuuuuuuuuugooooooooooooooooooooooo, dove seiiiiiiiiiiiiiiiiiiiiiiiiiiiiiiiiiii e Ugo rispondeva: Soooooooooooooooono qui, Maria.

Poi gli è venuto un tumore e è morto.

Adesso Maria è ancora viva, ha ottantasei anni e l'ultima volta che l'ho vista mi voleva dare delle nocciole che le avevano regalato delle persone. Ha la casa senza riscaldamento e passa i giorni a guardare le telenovele con i brividi.

Nicolino va alla luna

Nicolino è impazzito a studiare, anche mia zia Piera mi diceva sempre Non studiare troppo ché poi diventi come Nicolino. Nicolino corre nudo per Orisei e la gente dice Mira Nicolino si scimpru (Guarda, c'è Nicolino lo scemo).

Sua sorella gli corre dietro con le mutande e i pantaloni e gli dice di vestirsi, ma Nicolino continua a correre come un bisonte e va oltre le case e oltre le montagne e oltre il mare oltre il cielo fino alla luna, dove abitano i selvatici puri, come ad esempio Dino Campana.

Lí tutte le cose sono immense e nessuno li sgrida.

Il mondo della droga

Alla periferia nord di Orisei alla fine degli anni Settanta in una cantina i giovani si ritrovavano a chiedersi perché il mondo era cambiato per sempre dentro le scatole illuminate che gli trasmettevano l'America e tutto quello che succedeva lontano da lí dove tutto era rimasto uguale.

Cosí ciascuno voleva diventare John Travolta senza pecore, si tagliavano le basette e dicevano che erano comunisti con il parroco che diceva che sarebbero andati all'inferno se smettevano di guardare le pecore e ballavano a perdifiato nella cantina.

Verso il 1979 hanno portato nella cantina un giradischi e fatto una colletta per l'impianto luci.

Ogni ragazza di Orisei era Donna Summer nella cantina illuminata e un giorno un ragazzo ha detto che tutto quello non era vero ma si potevano iniettare nelle vene un antidoto per scappare nel mondo che sognavano, nel 1980 sono stati 48 i morti di eroina a Orisei.

Mentre tutto questo accadeva io andavo giú dalle stradine gridando facendo finta di essere su una Ferrari nuova.

Zia Nella

Zia Nella era molto brutta ma io le volevo bene e tutte le volte che l'andavo a trovare aveva la faccia piena di moccio e tabacco, se c'era il temporale gridava e si nascondeva sotto il tavolo.

Zia Nella era moglie di ziu Niccolau che era la persona piú zitta del mondo, era vestito da pastore sardo e non aveva denti e rideva sempre e era buono.

Zia Nella quando faceva la pipí si metteva in mezzo alla strada, alzava la gonna e faceva la pipí.

Io guardavo le olimpiadi di Mosca in casa di zia Nella perché mio nonno non aveva televisore e sentivo l'odore del formaggio con i vermi che in Sardegna si chiama su casu marciu e del legno e della sapa.

Quando ziu Nicolau è morto zia Nella si è messa a vestirsi di nero come le altre vedove di Orisei.

Io le ho chiesto perché si vestiva di nero e lei mi ha detto che costuma cosí, sennò la gente ti canzona e ti indica con il dito.

L'omino Bialetti

Quando facevo la cacca dopo le dieci appariva l'omino Bialetti, immenso come una vetrina piena di giocattoli, spaventoso come il rombo di un aereo.

Annaspavo nel buio, sovente con in mano carta igienica e invano aggrappandomi al porta-asciugamani, scivolando sulle lisce superfici colorate delle figurine di Walt Disney, quelle riproduzioni gommose di Paperinik che il formaggino Mio regalava.

Inutile gridare quando un pupazzo che non esiste forma parole con nere successioni di lettere sulla bocca, quando al posto della consueta formula compare, componendosi a poco a poco, la tua condanna a morte.

Perché l'omino Bialetti vende prodotti per la casa sullo schermo ma ha una doppia vita come il dottor Jekyll, ogni notte uccide i bambini che restano in bagno da soli piú di nove minuti, li spaventa per mesi e infine li uccide.

A Viggiú, nel solo marzo del '71, ne sono stati trovati morti undici.

Toni Negri

Un giorno nel 1977 Minniti ha detto che in via Piatti c'era Toni Negri che gli usciva il fuoco dagli occhi e uccideva tutti gli abitanti di quella via prima di andare al telegiornale a ammazzare i politici. E inoltre scavalcava i cancelli prendeva a calci in culo i cani lupo della villa Borromeo che aveva drogato con le siringhe prima di accoltellarli per pazzia.

Io avevo visto Toni Negri al telegiornale e mia nonna ogni settimana me lo faceva vedere su Famiglia Cristiana e mi diceva che se non andavo a messa tutte le domeniche da grande diventavo il Toni Negri di Viggiú.

Io sapevo che Minniti diceva sempre delle palle ma quella notte non riuscivo a dormire mi sembrava di vedere alla finestra Toni Negri sono andato nella camera da letto dei miei genitori gli ho spiegato come stavo gli ho chiesto se potevo dormire con loro. Mia mamma stava leggendo Confidenze mi ha detto di tornarmene a letto, di non pensare a Toni Negri. Allora le ho detto che non ero andato a messa domenica, e avevo paura di diventare il Toni Negri di Viggiú io e mia madre ha detto che aveva sonno, mi ha detto buona notte anto vai a letto.

Il giorno dell'arresto di Enzo Tortora
sotto le scale ho incontrato un extraterrestre che

Un giorno alla tele hanno fatto vedere la trasmissione dell'arresto di Enzo Tortora, che era in manette.

Al telegiornale dicevano che lo avevano catturato in casa sua, in una stanza dov'era, e i carabinieri senza tante scuse lo hanno preso lo portavano via dovendolo mettere in prigione.

Enzo Tortora, si nascondeva la faccia.

Io ho chiesto a mia madre perché arrestavano Enzo Tortora e lei ha detto che un conto è Portobello, e un conto è la vita, e che anche per Enzo Tortora, come per tutti gli altri, la vita è uguale.

Io le ho chiesto che cosa vuol dire, che un conto è la vita e un conto è Portobello, e che anche per Enzo Tortora, come per tutti gli altri, la vita è uguale.

Mia madre ha risposto sí guarda guarda la televisione.

Allora ho guardato la televisione ma ormai non c'era piú Enzo Tortora in manette, c'erano dei bambini che morivano di fame, e mia madre li guardava e scuoteva la testa, facendomi segno di stare zitto e poi ha detto guarda di nuovo.

Io non capivo piú niente, sono andato in casa di mia nonna.

Ho aperto la porta, ho guardato mia nonna e le ho chiesto che cosa vuol dire, che un conto è la vita e un conto è Portobello, e anche per Enzo Tortora, come per tutti gli altri, è uguale.

Mia nonna stava dicendo il rosario e quando mia nonna diceva il rosario non voleva essere disturbata, cosí mi ha mandato via, mi ha detto di lasciarla pregare.

Allora ho sceso di corsa le scale di casa e ho incontrato il mio vicino, signor Mardelli, che con la faccia ipnotizzata trascinava un sacco pieno di pane che aveva appena comprato, mi sono fatto coraggio e ho chiesto a lui cosa vuol dire, che un conto è la vita e un conto è Portobello, e che per Enzo Tortora, come per tutti gli altri, la vita è uguale.

Il signor Mardelli guardava diritto davanti a sé, come se non mi avesse né visto né sentito, e ha continuato a salire le scale, trascinava il pane.

Io, ero disperato.

Mi sono nascosto nello sgabuzzino che c'è sotto le scale della cantina di mio nonno e ho iniziato a pregare fino a che mi è apparso un extraterrestre che mi ha detto che tutte le cose sembra che esistano, ma che non è vero.

Non completamente.

E che ci sono altri mondi.

E sono molti miliardi.

E tutti spariscono.

E insieme esistono e non esistono.

Io ho chiesto all'extraterrestre cosa voleva dire, quello

che mi aveva detto, e lui mi ha risposto guarda, guarda la televisione, guardala bene, come nessuno l'ha mai guardata.

Guardala, davvero.
Altro non posso dirti.
Sei ancora piccolo.

E poi è scomparso.

E non ho mai capito perché quel giorno hanno arrestato Enzo Tortora, non ho mai capito cosa sono tutti questi mondi che ha detto l'extraterreste, e l'esistenza delle persone nel mio paese, e negli altri paesi della Terra. Oppure il senso della luna, di tutte le cose, mio padre quando torna a casa stanco.

Una vera mancanza d'infinito

A dicembre del 1974 a Viggiú è successo all'improvviso guardando nel cielo un mio amico si era accorto che il sole era finito.

Nel cielo c'erano strisce colorate di tutti i tipi, frammenti di magma incandescente srotolati come all'interno di quelle palline di gomma da un euro che ci sono nei centri commerciali di tutto il mondo, nelle macchinette assieme alle palline con il cuoricino o quelle con la carta da gioco, e anche il cielo stesso faceva un effetto come di cinemascope, di mancanza totale di infinito.

Il sole, non c'era.

Vivere era come essere all'interno di un acquario che era l'intero universo con il mondo piccolino nel centro logorato dal tempo e noi sopra, in provincia di Varese, mentre tutto piano piano si dissestava, le linee delle cose diventavano molli, i contorni imprecisi delle villette a schiera.

Perché la vita era come un cartone animato in una videocassetta guardata troppe volte ma non si poteva togliere dalla tele essendo la vita reale, io avevo un maglione verde e sentivo l'oppressione della fine di tutto questo agitarsi umano, per cui andai a manetta all'oratorio dove c'era il parroco, don Arturo Brusa, che ci ha messi in fila per tre, noi ragazzi cattolici che improvvisamente abbiamo preso a ballare *(Le arti dei) miscugli* dei Bluvertigo, mentre la terra diventava molle come cicca, e la canzone faceva:

Un po' di sacro e profano in tutti i miscugli
c'è sempre stato
e quando una cosa sembra qualcosa
può anche essere un'altra
ho letto che a molti piace fumare
anche se fa morire
uno di fronte a sé ha se stesso
ma anche un altro

code di topo per me a cena stasera, grazie

agatodemone e cacodemone
si scontrano in me
un demone buono e un demone cattivo
si scontrano in me
alright!
In ogni opera d'arte che si rispetti
come minimo c'è tutto
tutto è tutto, vuol dire tutto
quindi anche brutto
la birra è amara, il limone è acre
però mi piace
ti faccio male per sopravvivere:
io mi giustifico

ali di pipistrello per me a cena stasera, grazie

agatodemone e cacodemone
si scontrano in me
un demone buono e un demone cattivo
si scontrano in me
se non so come guarire non è colpa di nessuno io
non so come evitare la presenza di un contrasto io
alright!

Ritratto di donna velata

C'è una canzone degli Abba che, uscita dalla radio in strada, corre velocissima in tutto il paese, e fuori dal centro abitato entra nella corteccia degli alberi, si ripete attraverso i giorni, sempre piú sottile, fino a svanire, dopo molti anni, del tutto.

Era il 1975, e il clima di Viggiú, già stregato dalle note fresche di classifica, in piena estate pareva autunnale, perché alla televisione era incominciato «Ritratto di donna velata», e nessuno osava uscire piú di casa.

Fuori dalle finestre c'era il sole, ma i vetri, che hanno una vita piú segreta della nostra, trattennero per settimane l'ombra che contornava, nella sigla dello sceneggiato, la statuetta.

I Rockets

Oggi quasi nessuno si ricorda dei Rockets, quel complesso francese che iniziava a essere famoso a metà anni settanta lanciando raggi laser tra il pubblico.

Una volta una ragazza venne colpita e se ne parlò sui giornali.

I Rockets inoltre apparivano sul palco dopo esservi stati calati da una gru, all'interno di grossi blocchi di plastica trasparente che li contenevano mentre era tutto buio tranne una luce azzurra che li illuminava.

Poi incominciavano a cantare canzoni sullo spazio.

Sulla copertina di un loro disco c'è Dio che tiene in mano la terra nel vuoto siderale su cui sono stampati i titoli del lato A e del lato B del disco.

Avevano la faccia di color argento ed il leader del gruppo sembrava la versione galattica di Mussolini.

Un altro di loro, credo fosse il chitarrista, era simile a un maggiordomo spaziale triste ma con la faccia pitturata d'argento.

Per questo quando sciamavamo fuori dalla scuola media Enrico Buzzi Reschini ogni tanto qualcuno si terrorizzava e gridava cosí forte da contagiare tutti gli abitanti del paese.

La voce si diffondeva rapidamente, ed era sempre la

stessa. I Rockets sono morti perché si sono pitturati la faccia usando una sostanza radioattiva che procura immediati tumori cutanei maligni.

Un giornalino del terrore

Anche altre volte pioveva forte, ma l'otto novembre 1976 fu forse la piú terribile.

Davanti a casa di mia nonna c'era un muro interamente bianco privo di finestre che ogni volta che pioveva cosí diventava nero e si beveva tutta la luce che c'era.

Quel muro pareva che scavalcasse il balcone di casa e facesse da parete che blocca la porta, nessuno può piú uscire quando ciò succede, è meglio restare in casa della nonna a mangiare il caffelatte con i Pavesini.

Mia nonna faceva il caffelatte finto, con la miscela Leone.

L'otto novembre 1976 avevo trovato nel cortile di Matteo un giornalino del terrore che si chiamava Il Corriere della Paura.

Era un giornalino dell'Editoriale Corno, che ora mi sembra non esiste piú, e che a quei tempi pubblicava anche L'Uomo Ragno e I Fantastici 4.

Io amavo tantissimo l'Uomo Ragno perché aveva una storia con Betty, anche lei dipendente di J.J.J., direttore del Daily Bugle: ogni tanto la sognavo, la notte.

Dei Fantastici 4 mi piaceva solo l'uomo cicca (il capo, allungabile) perché assomigliava a uno di Malnate che sembrava avesse le ossa fatte di cicca, era alto due metri e pesava come un fischietto, sembrava un pupazzo snodabile...

Ma non divaghiamo adesso. L'otto novembre 1976 trovai nel cortile di Matteo un giornalino spaventoso che portai a casa di mia nonna correndo tra le prime gocce di un terribile temporale...

Quando giunsi tra le pareti domestiche, all'ombra rassicurante del ritratto di papa Giovanni XXIII mia nonna stava guardando una cosa sulla Svizzera.

Poi spense la tele perché i lampi si facevano grossi come un'autostrada, sfrecciavano via come le Ferrari.

Aprii il giornalino a pagina 18. C'era un racconto che si intitolava Contro il Destino.

Raccontava la storia di un architetto che aveva saputo, da una cartomante, quale sarebbe stato il giorno della sua morte.

Allora questo scappò in una grotta sperduta per difendersi dal destino.

Quando fu il giorno della sua morte una frana distrusse la valanga e massacrò l'architetto.

L'acqua batteva forte contro i vetri ed era già arrivata a cinquanta centimetri di altezza, tutti i viggiutesi sudavano freddo e io andai a pagina 42.

L'Uomo Cosa era un groviglio di schifezze con la faccia fatta di vene, con una proboscide al centro della faccia e gobbo come Andreotti.

Fermava le automobili che passavano vicino alla sua pozzanghera con un grido feroce.

Poi scaraventava il suo pugno schifoso dentro i finestrini e afferrava per il collo i passeggeri.

Li stritolava gridando che era l'imperatore del male,

che si sarebbe vendicato di tutto e intanto l'acqua, fuori di casa, aveva superato i quattro metri.

Dalla finestra mia nonna diceva di vedere le scialuppe dei negozianti vorticare su se stesse prima di affondare, dissi che tutto quello che stava accadendo era terribile, andai a pagina 96.

C'era l'oroscopo. Quello del Sagittario diceva che le provviste di sangue di monaco degli appartenenti a questo segno si sarebbero trasformate ben presto in uova di vampiri depositate da una strega chiamata Aleph la pazza.

Pioveva forte, avevo dieci anni e una tremenda voglia di rinascere in un mondo diverso da questo.

Le voci

Una signora aveva cinquantotto anni e faceva le punture agli anziani inabili della casa di riposo S. Maria Ausiliatrice di Viggiú e mi ha raccontato questa storia che è successa quando io avevo tre anni. Un giorno, aveva finito il turno di lavoro.

E prima di uscire dall'ospedale dove faceva le iniezioni dei colleghi le hanno offerto un pezzo di torta al limone. Lei, aveva rifiutato di mangiarla. Poi, l'ha mangiata metà per una questione di educazione, per rispettare gli altri.

Era una fetta molto grossa di torta quella.

Alle otto di sera, la signora che faceva le punture agli anziani era tornata a casa dal lavoro in bicicletta come tutte le sere. Era stanca e ha detto a suo marito che andava subito a letto a riposare perché non aveva fame perché dei suoi colleghi le avevano offerto una fetta di torta al limone, e per una questione di educazione, per rispettare gli altri l'aveva mangiata anche se non era buona, era troppo pastosa e molto grossa, per quello ne aveva mangiata metà.

Suo marito, faceva il meccanico e aveva molta fame.

Le ha detto va bene se hai già mangiato la torta e sei stanca vai a letto buonanotte, ha apparecchiato la tavola si è preparato l'idrolitina la minestrina con il dado knorr e le stelline.

Ha mangiato la minestrina con il dado knorr un pezzo di crescenza con il pane ha sparecchiato la tavola ha lavato i piatti si è messo a ascoltare le notizie del radiogiornale e un programma che c'era dopo di spiegazione di come funzionano i fiumi, con il rumore dell'acqua in sottofondo.

Lui e sua moglie erano arrivati a Viggiú dopo la Seconda guerra mondiale dalla Puglia e da allora non si erano mai mossi di lí tranne che per il viaggio di nozze erano tornati in Puglia con l'automobile che avevano comperato lavorando tutti e due molto per farla vedere agli altri che erano rimasti in Puglia senza venire a trovare lavoro a Viggiú come avevano fatto loro.

E quella sera il rumore dell'acqua dei fiumi del mondo contro le pietre, e il ciclo di evaporazione delle nuvole con la pioggia che sulla terra ricade dopo alla radio.

Quell'uomo, si stava per addormentare cullato dal rumore dell'acqua formata dalla pioggia delle nuvole della radio senza interferenze di altri canali vicino o scariche elettriche ma hanno suonato al campanello.

Si è alzato ha aperto la porta ha trovato due amici pallidi con gli occhi che guardavano per terra nel buio.

Ciao, perché non entrate, gli ha detto, è notte, come mai siete venuti qui?

Perché quegli amici non erano mai andati a trovarli, ma quella sera sí.

Erano andati a trovarli, quella volta, ma rimanevano fuori dalla porta e guardavano per terra.

Il meccanico ha detto perché non parlate?
Come mai guardate per terra?

E uno degli amici piangeva.
L'altro, si è avvicinato a lui.
Gli ha dato una pacca sulla spalla, ha scosso la testa e senza dire una parola se ne sono andati.

Il meccanico è tornato a ascoltare la radio, ormai era di nuovo sveglio e si è messo a ascoltare un programma che si chiamava Ritratto di una città, studio per una rappresentazione radiofonica, con musiche di Luciano Berio e Mario Maderna, voci di Nando Gazzolo e Ottavio Fanfani.

In quel programma alla radio, si sentivano i rumori dei tram e della grande quantità di gente che c'è in una grande città come Milano mentre a Viggiú non ci sono i tram ma una piccola quantità di gente tra cui lui che andava in officina a piedi ogni mattina alle sei e un quarto.

Ascoltando quest'altro programma sui rumori di una città di nuovo quell'uomo stava per addormentarsi quando ha sentito bussare piano piano alla porta di nuovo e poi sempre piú forte e si è alzato.
È andato ad aprire e alla porta ha trovato una cugina bassa con cui non parlava da tempo.

Avevano litigato per una questione sul modo di dividere un pezzo di orto che gli aveva lasciato uno zio morto tanti anni prima dove per anni avevano coltivano assieme i fagiolini e le zucche, poi lei voleva piantare non piú i fagiolini e le zucche ma il rabarbaro, per fare le marmellate, lui non voleva e cosí non si erano parlati piú per anni, lei piantava il rabarbaro da una parte, lui le zucche e i fagiolini come aveva sempre fatto dall'altra.

E quella cugina quella sera era lí e come faceva da anni non parlava, aveva la faccia tristissima e gli ha messo la mano sulla spalla. Lui ha voltato la faccia dall'altra parte ha chiuso la porta ha pensato al diavolo lei e il rabarbaro e questa maleducazione di venire qua di sera tardi per stare in silenzio come fa lei e la sua testa di zucca da quando le è venuta l'idea di seminare il rabarbaro nell'orto che ci ha lasciato uno zio tempo fa.

Il meccanico era nervoso e si è messo ha girare la radio ma sentiva solo interferenze come un programma che sembrava russo e si sentivano delle parole che facevano piú o meno dir bul scil ubesscur skum vy so bu r l èz. In quel momento ha suonato di nuovo il campanello e il meccanico è andato di scatto ad aprire, ha guardato il panettiere da cui andava tutti i giorni, che era lí sulla porta e detto ora basta, ma vi sembra questo il modo di venire qui?

Il panettiere ha detto mi dispiace, mi dispiace, e ha fatto per dargli la mano ma il meccanico ha detto siete tutti impazziti andate via, il panettiere ha ritirato la mano ha detto poverino e se n'è andato, sono cose terribili, ha detto facendo le scale.

Il meccanico incominciava ad avere l'esaurimento nervoso è andato in camera da letto dalla moglie e l'ha svegliata. La moglie stava sognando che lei e suo marito avevano un pollaio piú grande e dentro un pollaio c'era una porticina che portava direttamente in Perú. Una volta, quell'infermiera aveva visto un documentario sul Perú, e le era piaciuto. Aveva chiesto a diverse persone se sapevano dov'era il Perú, ma nessuno aveva visto il documentario perché lo avevano fatto tardi.

Svegliandosi, l'infermiera ha detto che nel pollaio c'era il Perú.

Il marito, che faceva il meccanico, le ha detto che nel pollaio non c'era il Perú ma quella sera da quando lei era andata a letto c'era un sacco di gente che veniva a piangere alla sua porta e poi se ne andava.

La donna tirandosi su sul letto ha chiesto a suo marito chi era quella gente e il marito glielo ha detto.

Erano i nostri due amici, le ho detto, quelli che lavorano dal marmista, quelli che un tempo ci trovavamo a giocare a scala quaranta ma da anni non vengono piú, quelli che ogni tanto incontriamo dal panettiere, e poi mia cugina Marta, che da quando ha messo il rabarbaro anche tu sai come stanno le cose, e il panettiere.

La moglie lo guardava sconvolta, un occhio aperto e uno chiuso, e poi gli ha chiesto perché venivano.

Il marito le ha detto che non lo sapeva, venivano alla porta, suonavano il campanello e poi piangevano e che forse era successo qualcosa di brutto che non si capiva, qualcosa di radioattivo.

La moglie, che facendo iniezioni agli anziani ci capiva, e sapeva che a un certo punto le persone cominciano a fare discorsi senza senso, gli ha chiesto se era diventato vecchio di colpo. Il marito ha detto che no, non era diventato vecchio di colpo, stava ascoltando la radio e sono successe tutte quelle cose.

Allora la donna gli ha chiesto se aveva bevuto ma lui ha detto no.

L'uomo, ha detto ho mangiato la minestrina con il dado e le stelline e dopo un bel pezzo di pane con la crescenza, poi ho sparecchiato ho fatto i piatti e mi sono messo a ascoltare la radio.

E cosa hai bevuto?, gli ha chiesto la moglie.

Io, ho bevuto l'idrolitina con l'acqua.

E poi?

E poi basta.

E poi non hai bevuto?

No.

E cosa hai fatto?

Ho ascoltato dei programmi alla radio.

E che programmi erano?

Prima il radiogiornale, poi un programma su come sono fatti i fiumi, e una trasmissione che raccontava le città grandi come Milano, e i rumori che ci sono lí. Poi alla fine non riuscivo a trovare nessun canale, ma solo uno che diceva delle cose che mi sembravano russe.

Russe come?

Non me lo ricordo.

Fai uno sforzo.

Delle parole come *dir bul scil ubesscur skum vy so bu r l èz*.

E cosa vogliono dire?

Non lo so.

Non lo sai?

Non lo so.

Che parole strane.

Strane.

E come mai le ricordi?

Non lo so.

E come facevano?

Te l'ho detto.

Ripetimelo.

Dir bul scil ubesscur skum vy so bu r l èz.

Dir bul scil ubesscur skum vy so bu r l èz?

Sí.

E poi?

E poi ti dicevo che ogni volta che ascoltavo una trasmissione appena mi stavo per addormentare succedeva quella cosa lí.

Che cosa?

Te l'ho detto!

Cosa?

Che hanno cominciato a suonare al campanello, e piangevano tutti e cercavano di stringermi la mano o di darmi una pacca sulla spalla.

Non è vero.

È vero.

Non è vero.

Te lo giuro.

E piangevano tutti?

Piangevano tutti, o erano tristi.

E poi?

E poi ad esempio il panettiere ha detto una cosa.

E cosa ha detto?

Sono cose terribili, ha detto.

Cosí?

Cosí.

Scendendo le scale.

L'infermiera si è alzata e con il marito meccanico è andata in sala.

Si sono seduti a tavola, in silenzio.
Hanno aspettato un po' se suonava qualcuno.
Volevano capire.
Non suonava nessuno.

Non sapevano cosa fare e hanno girato un po' le manopole della radio e hanno trovato un canale dove c'era papa Paolo VI che parlava e diceva noi pensiamo che sia doveroso oggi per la chiesa approfondire la coscienza ch'ella deve avere di sé, del tesoro di verità di cui è erede e custode e della missione che essa deve esercitare nel mondo. Ancor prima di proporsi lo studio di qualche particolare questione, ed ancor prima di assumere un atteggiamento riguardo il mondo che la circonda, la Chiesa deve in questo momento riflettere su se stessa per confermarsi nella scienza dei divini disegni sopra di sé, per ritrovare maggiore luce, nuova energia e miglior gaudio per compiere la propria missione e per determinare i modi migliori per rendere piú vicini, operanti e benefici i suoi contatti con l'umanità, a cui essa stessa, pur distinguendosi per caratteri inconfondibili, appartiene. Pare infatti a noi che tale atto di riflessione possa riferirsi al modo stesso scelto da Dio per rivelarsi agli uomini e stabilire con essi quei rapporti religiosi di cui la Chiesa è al tempo stesso strumento e espressione. Perché, se è vero che la divina rivelazione si è compiuta a piú riprese e a piú modi con fatti storici esteriori e inconfutabili, essa però si è inserita nella vita umana per le vie proprie della parola e della grazia di Dio, che si comunica interiormente alle anime, mediante l'ascoltazione del messaggio della salvezza e mediante quel conseguente atto di fede, che è all'inizio della nostra giustificazione.

Ascoltando cosí la radio verso mezzanotte marito e moglie si erano addormentati con la testa appoggiata alla tovaglia ricamata del tavolo quando è suonato di nuovo il campanello.

Il marito si è svegliato si soprassalto.

Vedi?, ha detto il marito.

La donna, ancora mezza addormentata, svegliata piú dallo scatto del marito che dal campanello, ha alzato la testa e ha detto al marito vedi cosa?

Hanno suonato, di nuovo!

Hanno suonato alla porta?

Come prima?

E chi è?

I pazzi.

Cosa facciamo?

Vai a guardare tu. Apri tu ti prego.

La donna è andata alla porta e ha aperto.

Era sua sorella, Virginia, che faceva l'operaia in una fabbrica di Baraggia, accompagnata dal marito, carpentiere, che aveva un mazzo di fiori in mano e tutti e due piangevano.

L'operaia di Baraggia, appena ha visto la sorella, si è messa a gridare ed è scappata giú dalle scale, verso il pollaio.

Poi è uscita dal portone.

Ha preso la macchina e è andata a casa.

Suo marito invece è rimasto lí, con gli occhi sbarrati, i fiori in mano, immobile, senza dire nulla.

E il marito dell'infermiera, che si era avvicinato anche lui alla porta, ha guardato il cognato e gli ha gridato ma perché venite tutti qua a piangere, perché fate cosí?

Il carpentiere si è fatto coraggio ha guardato l'infermiera e le ha detto, cosí diretto, ma tu non eri morta?

Come morta?
C'è in giro la voce.
Quale voce?
Che eri morta.
Non sono morta.
Meno male.
Sí.
Sto bene.
Sí.
Ma perché dicono che sono morta?
Perché c'è in giro la voce che tu sei morta.
Ma non è vero.
Sí.
Sí.

Meno male.
Ci sono dei cretini che mettono in giro le voci.
Sí.
Sí.
Sí.

Meno male che non sei morta.
Sí, sono felice che non sono morta.
Anche io.
Sí.

Il cognato e la cognata si abbracciarono.
Il cognato abbracciò anche il marito di sua moglie.
Meno male.
Meno male davvero.
Che bella notizia.
Sí.
Sei viva.

Sí, sto bene, sono viva.
Meno male.
Sí.
Allora scusate.
Di niente.
Sono le voci.
Sí.

Dir bul scil ubesscur skum vy so bu r l èz.

Dir bul scil ubesscur skum vy so bu r l èz.

La Drago

Non si poteva suonare il campanello della Drago, una volta Collura si è preso una tazza di piscia in testa e non lo ha detto a nessuno, è morto corroso negli occhi dopo due giorni di gridi. Collura era il piú abile suonatore di campanelli di Viggiú. Si accostava vicino alla porta quando era buio, iniziava a correre in via Buzzi Leone e passando suonava, manteneva la stessa velocità fino a piazza Albinola. Egli possedeva molti pirolini delle ruote delle automobili, che rubava insieme a uno di Baraggia, dopo che era finito il telegiornale usciva.

Collura era l'unico che si avvicinava a casa della Drago.

La storia della Drago la si tramandava tra gli abitanti del vicolo Forchette, fino alla curva dove abita Oscar, ma non la si può dire oggi.

Oscar, prima di picchiarti, arrotola la lingua tra i denti come un involtino salivone e diventa rosso, tira pugni in faccia come un bufalo, gli si allarga tutto il naso. Sembra che sia diventato cosí da quando ha guardato dentro la finestra della Drago.

Quel giorno la Drago stava cucinando dei cani con gli scorzoni, praticamente le bisce che ci sono a Puaggia (dove la signora Negrelli, l'amica di mia nonna, è caduta d'estate).

Oscar, lí dentro, aveva visto delle facce di vigili urbani imbalsamate, chiuse dentro delle gocce di ambra immense, dal diametro di circa un metro, appese sui muri insanguinati della Drago.

La Drago mescolava quella minestra facendo uscire dal naso delle nuvole rosse quando non erano viola, completamente orribili.

Oscar raccontò tutto e da quel giorno diventò scemo.

Ciascuno deve pensare a Cicciolina per sé

Una volta un mio compagno delle elementari ha detto che l'acqua del rubinetto dei cessi della scuola faceva schifo perché sembrava sborra, l'ha sputata per terra e è andato in cortile a giocare a rialzo con gli altri.

Io alla fine dell'intervallo gli ho chiesto cosa voleva dire sborra e lui ha risposto che agli uomini delle volte invece di uscirgli dal coso la pipí esce la sborra che è bianca e ha lo stesso odore dell'acqua del rubinetto delle elementari quella mattina di maggio.

Allora quando esce la sborra nascono i figli diceva il mio compagno, tutte le persone che vanno in giro a fare disastri nascono, comprano la mortadella al negozio, vanno alla partita che c'è domenica o a loro volta si sposano e attraverso la sborra fanno continuamente altri figli che quando sono grandi esce anche a loro la sborra e tutto questo, si chiama Mondo.

Per un po' di giorni io ogni volta che andavo in bagno e facevo la pipí controllavo il colore di quello che usciva se era bianco.

Ero un bambino che era molto spaventato dalla sborra.

Quando vedevo che quello che usciva era giallo facevo un respiro di sollievo, non causavo a mia volta dei figli ma avevo otto anni e non ne capivo ancora nulla del sistema di continuare del mio pianeta e del mio paese.

Io, ci pensavo.

Un giorno per capire questa situazione ho chiesto a mio padre se essendo un padre adulto gli usciva normalmente la sborra dal coso. Mio padre mi ha dato uno schiaffo e mi ha detto di non dirlo mai piú se gli usciva la sborra dal coso. Mi sono sentito morire e siccome già da tempo sapevo che ci sono delle parole che non si possono dire, ho messo dentro sborra tra queste.

L'album delle parole che non si possono dire piace molto ai bambini.

Le guardano di nascosto le dicono piano se le scambiano tra loro.

Una di queste è puttana, un'altra faccia di coglione che sei.

Poi ci sono le bestemmie, che sono le parolacce peggiori, quelle che se le dici succede qualcosa, un motorino va a sbattere contro le vetrine dei negozi di via Roma. A volte, anche i genitori dicono parolacce e bestemmie di ogni tipo ma il motivo è che i bambini li hanno fatti arrabbiare, ad esempio mio nonno diceva non farmi bestemmiare non farmi bestemmiare e alla fine bestemmiava e questo era colpa mia.

A nove anni, ho trovato in Sardegna un giornale nascosto sotto il letto di mio zio, era pieno di foto che non conoscevo. Lí c'era sempre scritta la parola sborra e si vedeva. Usciva come aveva detto il mio compagno di classe dal coso e delle signorine la bevevano con la lingua sennò gli andava sulle spalle, sul seno.

Oppure erano sedute come delle capre su un divano e un uomo nudo le faceva questa sborra sul culo, l'uomo aveva le calze rosse.

Inoltre i personaggi di quelle storie si leccavano tutto il giorno erano come impazziti, tra cui anche una donna molto bella che assomigliava a mia madre che sembrava schiacciata come una rana in quanto un uomo le metteva un coso davanti e un altro uno di dietro e lei era bionda e in mezzo a quei due restava.

Io, prima di quella sera non mi immaginavo niente di tutto questo e mi sembrava molto drammatico e continuavo a guardare il giornale.

Ma, un po' avevo voglia anche io di diventare grande per fare quelle cose di nascosto strane. Ma, non potevo perché gli uomini nelle fotografie avevano un coso che sembrava un wurstel grosso mentre il mio era uguale a quello di tutti gli altri bambini.

Allora prima di andare a dormire mi concentravo e pensavo che il pisello mi diventava un wurstel come quelli dei giornali ma l'unica cosa che riuscivo a fare era stringere il sedere fino a che mi faceva male stringerlo cosí.

Ma un giorno mentre faccio il bagno mi pulisco il coso e mi diventa duro. Mi spavento lo guardo e aspetto che esce la sborra, ma passa un sacco di tempo, finisce la schiuma da bagno e io sono sempre lí nell'acqua con il coso duro senza che esce nulla di bianco fino a che il coso diventa molle esco dalla vasca e vado a giocare con Big Jim.

Poi un giorno a dieci anni un mio compagno di classe mi dà un giornalino e mi dice tieni vatti a fare una sega di nascosto e non farti vedere da nessuno. Io senza che nessuno se ne accorgesse l'ho letto dove mio nonno teneva le bottiglie di vino bianco in cantina, in estate le imbottigliava quando arrivava da una ditta veneta dove l'aveva ordinato. Era la storia di una vampira che succhiava il sangue a delle persone a cui poi rubava i castelli ma metà della storia era fatta di disegni come le fotografie del giornale nascosto sotto il letto di mio zio come la vampira che aveva in bocca il coso di uno che doveva ammazzare e che le diceva cosí, leccami il cazzo.

Leccami il cazzo vampira.

Non lo sapevo perché ma quando le guardavo quelle cose mi veniva il batticuore come quando andavo in bicicletta al Roncolino in salita. Questo forse perché era proibito guardarle anche se da quando le avevamo scoperte ne parlavamo sempre e andavamo a cercarle nelle discariche nascoste dappertutto sopra i mobili dei genitori dei cugini o anche dentro i sacchi della spazzatura.

Nel frattempo avevo capito un sacco di cose che mi avevano spiegato ossia che Adamo ed Eva erano stati scacciati dal paradiso terrestre perché avevano scopato e altre realtà che non immaginavo anche solo l'anno prima, ad esempio quando due persone una sotto e una sopra si leccano allo stesso tempo si dice il sessantanove. In un film di Lando Buzzanca avevo visto che seduto sopra di lui c'era una donna che aveva la gonna corta.

Lando Buzzanca le metteva una mano sotto la gonna e le diceva, tu me lo fai diventare duro come i giornalini.

Quando ho riportato il giornalino al mio compagno di classe lui mi ha chiesto se mi ero fatto la sega. Io mi vergognavo però alla fine gli ho detto che non sapevo cosa vuole dire, farsi una sega.

Lui mi ha detto che suo padre che andava in giro per la provincia di Varese a fare il rappresentante di medicinali era tornato e doveva andare da lui a casa e che mi spiegava tutto il giorno dopo alle due ci vedevamo ai cessi dell'oratorio, mi spiegava una sega.

Il giorno dopo vado alle due nei cessi dell'oratorio c'è il mio compagno di classe che mi dice entra dentro chiudi a chiave ti faccio vedere.

Si tira giú i pantaloni e le mutande si prende il coso in mano e inizia a fare avanti e indietro sempre uguale. Subito il coso gli diventa un wurstel e lui fa la faccia come quella degli uomini dei giornali.

Poi si interrompe e mi guarda e mi dice è bellissimo devi provare puoi pensare a quello che vuoi. A Cicciolina che ti fa un pompino. Io gli ho detto che sapevo cosa voleva dire pompino e avevo visto delle foto di Cicciolina e sentito una sua canzone alla radio che parlava del cielo e di lei che era nuda. Lui ha detto bravo pensa in questo modo a Cicciolina e fai cosí e ha ripreso a fare avanti e indietro con la mano con gli occhi chiusi diceva sí Cicciolina vieni qui continuava fino a che hanno bussato alla porta e lui ha detto occupato sto facendo la cacca e ha smesso di fare avanti indietro con la mano sul coso si è portato un dito alla bocca e piano piano mi ha fatto segno di fare silenzio, completamente silenzio.

Siamo rimasti zitti immobili un momento poi da fuori hanno bussato ancora e allora il mio compagno ha gridato vaffanculo sto cagando e il tipo che bussava se n'è andato e lui ha ripreso la sua cosa con gli occhi chiusi.

Io gli ho chiesto quando ti esce la sborra e lui ha detto alla fine, quella è la cosa piú bella aspetta che penso a Cicciolina. Allora un po' tutta questa storia mi dava fastidio gli ho detto io me ne vado lui mi ha bloccato mi ha detto guarda che devi assolutamente imparare perché non provi a farmelo un po' tu.

Io non volevo proprio avevo un po' schifo se gli usciva la sborra e mi sporcavo le dita e glielo ho detto.

Lui mi ha risposto di pensarci bene che se glielo facevo mi dava dei giornalini dell'Uomo Ragno ma io ero disgustato anche se gli Uomo Ragno mi piacevano molto specialmente le storie dell'orrore alla fine.

Comunque non mi andava gli ho detto io me ne vado fuori a giocare a pallone con il Villa lui mi fa peggio per te ti perdi i giornalini e ha continuato a farsi una sega dicendo delle cose a Cicciolina che si immaginava lí.

Quella sera dopo Carosello dove ho visto Joe Condor che volava per controllare tutto e anche la pubblicità della carne Montana sono andato a letto per fare la mia prima sega ma continuava a diventarmi molle anche se mentre era duro era piacevole mi sembrava di essere uno che guida senza la patente sbandavo in curva e poi ricominciavo con piú concentrazione.

Era molto faticoso sempre con la mano fare avanti e indietro e continuavo a distrarmi con il pensiero.

Pensavo a Cicciolina e mi veniva duro, poi pensavo al mio compagno che nel cesso dell'oratorio pensava anche lui a Cicciolina e mi diventava molle.

Ciascuno deve pensare a Cicciolina per sé.

Inoltre pensavo a delle vampire bionde che mi inventavo io e anche a Loretta Goggi nuda che faceva la pipí prima di una trasmissione.

Dopo un'ora forse che ero impegnato in questa cosa mi è venuta una specie di scossa che dal coso arrivava fino alla faccia e ai piedi che per un istante erano diventati duri come il coso che mi ha lasciato con il batticuore ero tutto sudato respiravo strano ed era bello anche se non era uscita la sborra e ero stanco come dopo una partita di calcio e avevo come una specie di nausea come se avevo bevuto venti lattine di Oransoda contemporaneamente.

Ero, grande.

Nessuno va a trovarli mai

A Viggiú, c'era un uomo.
Non una persona lo chiamava.
Allora, si chiamava da solo. Camminava per il centro del paese, teneva le mani dietro la schiena e, tra le mani, aveva una mela. Diceva Oh, Vailetti. Vailetti era il suo cognome. Il nome, quello prima del cognome, non lo diceva mai, e nessuno lo sapeva. La sua storia era che prima era normale, poi un giorno ha preso la mela e ha incominciato a camminare avanti e indietro per via Roma vicino al bar Centrale e poi verso via Schieppati.

Un altro uomo di Viggiú era convinto di essere un medico ma non lo era.
Aveva un'apparecchio alla gola e una casa che gli aveva dato il comune. Al mattino dopo colazione si metteva ai semafori del paese e fermava le persone dicendo che era un dottore e doveva essere subito portato in ospedale a operare qualcuno. Tutti gli facevano gli scherzi. Ad esempio una volta gli hanno telefonato di notte gli hanno detto che erano l'ospedale di Varese e avevano bisogno di lui, lui si è vestito da dottore si è messo lo stetoscopio nelle orecchie e è rimasto tutta la notte ad aspettare che venisse l'ambulanza a prenderlo per portarlo al lavoro.

E un altro uomo ancora non andava d'accordo con la moglie e per questo dormiva fuori tutta la notte fino a che una mattina si è incendiato una calza e l'ha buttata dentro la finestra di casa sua per bruciare la moglie, invece ha bruciato solo le tende e è venuta lo polizia a prenderlo.

E la moglie dell'uomo che buttava le calze dentro la finestra era pazza e si chiudeva in casa e gridava aiuto aiuto mio marito mi sta ammazzando poi arrivavano i carabinieri e il marito non c'era perché era andato in Sicilia con un'altra donna.

E poi c'era anche un signore guidava il taxi, ma nessuno prendeva mai il taxi a Viggiú e cosí piano piano non capiva piú cosa doveva fare rimaneva lí a vivere e si è sparato un giorno si è messo un cuscino tra la pistola e la testa per non disturbare i vicini si è sparato. Quando l'hanno trovato si era già vestito tutto elegante per la bara ma l'hanno dovuto cambiare comunque perché il vestito era tutto macchiato di sangue che gli era uscito dal cervello.

Anche una donna c'era che era sempre ubriaca e la trovavano che dormiva in mezzo alla strada oppure in chiesa, una volta era andata a dormire sull'altare della chiesa che c'è per andare a Sant'Elia.

Un pomeriggio suo padre ha provato a accoltellarla ma lei si è mossa cosí si è accoltellato lui da solo ma non è morto. Poi questa donna si è chiusa in casa e si è dimenticata di uscire per settimane. Il sindaco ha fatto sfondare la porta e lei ha detto che stava dormendo e non esiste una legge gridava per cui non si può dormire anche piú di due settimane.

E alla fine del 1976 un ragazzo che si drogava diceva di essere diventato l'anticristo e provava a tagliarsi con i vetri rotti ma lo hanno fermato prima che riuscisse a morire. Allora un'altra volta per combattere il demonio si è tagliato i testicoli e li ha buttati nel camino e quando è arrivata la polizia i testicoli erano ormai mezzi bruciati e non riuscivano piú ad attaccarglieli.

Questo ragazzo aveva sempre lo stereo al massimo e andava in giro per il paese con lo stereo acceso a chiedere dei soldi per aiutarlo a combattere il male che c'era dentro di lui e cresceva fino a che non è morto.

Adesso tutta questa gente è stata seppellita nel cimitero di Viggiú e nessuno va a trovarla mai.

Donatella

Donatella era una pazza che buttava i figli giú dalla finestra. Ogni giovedí mattina ricordo che si sentiva il rumore dell'impatto a terra dei ragazzi. Donatella abitava in via della Croce, nel cortile in cui è vissuto un famoso pittore viggiutese. Ricordo che dai muri del suo appartamento uscivano delle teste di cavallo in ghisa, ogni notte erano illuminate dalla luna e Donatella le guardava ondeggiando scalza.

A volte i cavalli prendevano vita lacerando il sonno dei vicini emettendo dei nitriti poco prima dell'alba.

Donatella li traduceva in colori.

Prendeva le tempere e disegnava delle colline sul cruscotto dell'automobile di suo marito.

Dipingeva pure il sole che esplode.

Il marito di Donatella era disoccupato.

Rimaneva al bar centrale fino alle otto di sera a parlare della Juve. Quando tornava voleva che tutto era apparecchiato. Voleva che Donatella guardasse con lui il telegiornale bestemmiando forte ma Donatella usciva fuori, sapeva che la notte aveva una pelle delicatissima da infrangere, oltre di essa c'erano stelle molli e odorose, fiumi di latte dove galleggiavano le teste decapitate degli amici di suo marito. Tutti erano maleducati con lei. Donatella pregava che la formidabile susina del cristianesimo l'aiutasse, sentiva il profumo della frutta del paradiso, chiedeva a voce alta di morire.

Il maggiore dei suoi figli, Stefano, si drogava. Diceva che lavorava in un posto dove nessuno lo aveva mai visto. Donatella gli diceva di parlare piano, di stare calmo e avere fede. Lui bestemmiava come suo padre.

Donatella aveva una decima del rosario con un grano rosso come il sangue. Lo teneva stretto tra le dita dopo che aveva lavato i piatti e pregava.

La mattina che Donatella è stata messa per sempre in manicomio faceva caldissimo, era poco prima che la maestra mi dicesse di chiudere bene i tappi dei Carioca.

Il gatto orrendo

Quando possedevo un criceto una sera mi sono affacciato.
Sul tetto di una casa che c'era dopo il mio cortile c'era un gatto.
Ma non era un gatto come quelli che accarezzi.
Era un gatto orrendo che miagolava.

La felicità di avere un criceto è il piacere di guardare quando gira sulla ruota che hai messo dentro la gabbia. È una ruota colorata e il criceto non capisce niente, dice adesso corro qui dentro e arrivo da qualche parte, ma è un criceto e non capisce che è sempre dentro la ruota colorata di plastica che gira, e attorno c'è la gabbia e la cucina, noi che lo abbiamo comperato lo guardiamo, perché non siamo criceti e usciamo in strada, andiamo nei negozi o a Varese con i genitori.

Quel gatto lo avevo già visto.
Era sbagliato.

Era un gatto tutto spelacchiato.
Era un gatto magrissimo.
Si capiva che doveva morire.

Se era una trasmissione lo toglievano.

Se era una macchina lo rottamavano.

Se era un amico lo scacciavano dall'oratorio.

E per quel motivo il gatto urlava sui tetti lontano. E se provava a urlare da un tetto vicino gli tiravano della carta.

Lui lo sapeva e stava sul tetto di una casa vuota.

Era la casa dei signori Derlini. Abitavano da soli e i figli erano andati a lavorare in Belgio. Erano morti da due anni e quando sono morti avevano novant'anni.

Quando sono morti il signor Nardo si è svegliato di notte e ha visto che sopra l'armadio della camera da letto c'era sua madre che lo chiamava. Sua madre era morta trent'anni prima ma il signor Nardo per la vecchiaia non lo aveva capito e aveva chiesto a sua madre cosa ci faceva sopra l'armadio. La madre gli diceva che non lo sapeva neanche lei, che purtroppo era morta cinquant'anni prima e improvvisamente era lí in cima all'armadio di casa loro e non sapeva scendere.

Allora il signor Nardo ha detto alla madre di non gridare perché sua moglie dormiva e che avrebbe fatto di tutto per salvarla.

Mi era venuto il pensiero che quel gatto era come le trasmissioni dei bambini del Biafra. Al telegiornale facevano vedere dei bambini che piangevano, oppure erano morti. Avevano la faccia piena di mosche e facevano schifo. Quelli vivi cercavano di succhiare le tette delle mamme.

Anche le mamme erano piene di mosche e avevano le tette molli, sembravano degli elastici e non usciva il latte.

In Biafra per vivere facevano dei buchi alle mucche e usciva il sangue. Con le cannucce bevevano il sangue fino a che non finiva, la mucca era tutta secca e moriva.

Il signor Nardo piano piano si è arrampicato sul mobile per salvare la madre che era morta cinquant'anni prima ma era lí, era sopra l'armadio e aveva bisogno di aiuto. Quando il signor Nardo è arrivato in cima all'armadio ha capito che era un sogno, che sopra l'armadio non c'era nessuno, che la vecchiaia gli aveva giocato un brutto scherzo, confondeva la realtà con la fantasia, aveva fatto un sogno, si è reso conto della situazione e per lo spavento è caduto dal mobile.

Un altro documentario che facevano vedere era l'olocausto. Le persone erano degli scheletri e camminavano tutti nudi con i soldati che gli puntavano il fucile. Non si capiva chi era maschio o chi era femmina. Non si capiva che erano delle persone. Io chiedevo a mia madre perché c'era stato l'olocausto. Lei scuoteva la testa e andava in cucina a tagliare le cipolle per il sugo della pasta, faceva il soffritto. Quando quelli dell'olocausto erano completamente inscheletriti dei soldati li sparavano e li buttavano dentro la stessa tomba. Il documentario era vecchio e si muovevano tutti di corsa come nelle comiche di Ridolini, i soldati avevano l'aquila sul cappello e andavano in giro con il cane lupo, salivano sulle jeep.

Quel gatto mi ipnotizzava.

Mi chiedevo perché era diventato cosí.

Come mai era un gatto orrendo.

Come un ragazzo che stava andando in moto e aveva guardato un cartello. Guardando il cartello si era sposto troppo e aveva perso mezza testa. Era in coma da molti anni e stava immobile nel letto. Lo dovevano girare perché se stava fermo delle parti di corpo finivano, si facevano dei buchi.

Quel gatto era pieno di buchi.

Una sera con il cannocchiale l'ho guardato. Era il cannocchiale che mio padre aveva vinto alle giostre di Cantello e ho visto che non erano dei buchi della carne, erano delle chiazze senza peli.

Quel gatto era completamente spelacchiato a casaccio e aveva gli occhi pieni di cispe e miagolava sul tetto dei signori Derlini morti.

E insomma quando il signor Nardo ha capito che sua madre era morta e non era in cima all'armadio e che in cima all'armadio c'era lui e erano le quattro di notte gli è venuto il terrore della vita ed è caduto sul letto dove ha centrato la moglie e le ha rotto la colonna vertebrale. Anche lui si è rotto tutto. La moglie è morta il giorno dopo. Lui è rimasto in carrozzella per qualche mese e alla fine è morto anche lui.

Oltre ai documentari sul Biafra e l'olocausto ne avevano fatto vedere uno su un bambino che era diventato vecchio. Praticamente era veloce a invecchiare, a undici anni ne aveva novantacinque e cosí via, se arrivava a trent'anni ne aveva duecentottanta ma non ci arrivava perché a tredici moriva.

A quel bambino la mamma metteva un cappello per non fare vedere che era pelato, la mamma gli lasciava la faccia scoperta e quando uscivano a fare la spesa la gente li guardava e tutti speravano di non avere un figlio come il bambino vecchio del documentario.

Con il cannocchiale guardavo il gatto orrendo e mi è venuto in mente un documentario su Madre Teresa di Calcutta. Madre Teresa di Calcutta era una suora piccola con le rughe, e sorrideva. Quando qualcuno era ammalato prendeva l'aereo e andava da lui. Anche da tutti quelli che facevano schifo lei andava. Madre Teresa di Calcutta era la donna piú buona del mondo e anch'io volevo diventare il Madre Teresa di Calcutta del gatto orrendo sul tetto della casa dei signori Derlini.

Questi documentari che vedevo, tutti quanti, mi facevano venire le domande e un giorno che stavo facendo le divisioni con mio padre gli ho chiesto perché ci sono tutte queste cose assurde nel mondo. Le cose assurde cosa?, mi ha detto mio padre che non riusciva a fare il riporto perché erano tanti anni che non andava piú a scuola e si ricordava bene il piú il meno il per ma aveva problemi con il diviso e non riusciva ad aiutarmi bene. Questa assurdità del Biafra o anche l'olocausto o non so se hai visto sul tetto della casa dei Derlini morti c'è un gatto tutto spelacchiato che fa schifo solo a guardarlo con il cannocchiale, gli ho detto.

E se io ero il Madre Teresa di Viggiú prendevo l'aereo e andavo sul tetto dei Derlini e lo salvavo.

Il gatto miagolava e miagolava.

Ogni giorno lo guardavo fino a che gli ho lanciato un po' di prosciutto ma il tetto era troppo lontano e è caduto in cortile.

Mio padre ha detto che cosa stavo dicendo, che dovevo pensare alle operazioni, alla matematica. Poi si è grattato il naso, mi ha guardato e ha detto che il mondo non funziona tutto. Io gli ho chiesto perché. Lui ha detto non lo so riportava i numeri e faceva la prova, adesso facciamo i compiti mi ha detto, matematica e poi italiano lo fai da solo.

Allora un giorno mi è venuta un'idea.

Ho preso la cerbottana di plastica e sulla punta ci ho messo un palloncino con dentro la Simmenthal. Mia madre non si era accorta che avevo rubato la Simmenthal dal frigo. L'ho legata sulla punta della freccia e l'ho tirata contro il tetto dei Derlini.

L'ho centrato.

Il palloncino si è tutto scassato e c'era la Simmenthal sulle tegole e il gatto orrendo è arrivato lí e si è mangiato la Simmenthal.

Allora ogni giorno ripetevo.

Con la cerbottana spedivo sul tetto dei Derlini il palloncino con dentro la Simmenthal o gli avanzi dell'ossobuco o la mortadella, quello che trovavo in casa lo sparavo al gatto orrendo.

Giorno dopo giorno il gatto migliorava.

Era mio il capire che lo stavo aiutando, migliorando la situazione di vita di un gatto che sarebbe andato incontro a morte sicura.

Con il cannocchiale vedevo anche che il pelo faceva meno schifo, grazie al mangiare la pelle migliorava, i peli ritornavano su di lui e un giorno sarebbe potuto scendere dal tetto e andare dagli altri gatti, e qualcuno lo avrebbe potuto prendere, e forse lo avremmo potuto prendere noi, e cosí avevamo in casa un gatto e il criceto, e io raccontavo a tutti quelli che venivano in casa che il mio gatto era orrendo, e grazie a me era diventato normale, e adesso lo avevo e lui stava lí a fare le fusa, giocava.

Giorno dopo giorno il gatto orrendo aveva capito che si poteva fidare di me, aveva capito l'ora che gli sparavo da mangiare e mi aspettava ma un giorno purtroppo il palloncino si è staccato dalla punta della cerbottana la carne è caduta in cortile la freccia è arrivata in faccia al gatto orrendo e l'ho ammazzato. Mi è venuta una roba nel cuore che non posso dire e ho pensato che non me ne fregava piú nulla del Biafra e l'olocausto e i bambini anziani i gatti orrendi.

Sono andato in camera mia mi sono detto adesso giochi con le costruzioni non ci pensare ho detto ma mi veniva da piangere e con le unghie ho strappato un pezzo di tappezzeria che era già rotto, l'ho strappato di piú, sono tornato in balcone.

Con il cannocchiale guardavo il gatto orrendo con la testa spaccata, e le nuvole che c'erano, e com'ero anche io compreso nel mondo.

Pallino

C'era una casa con disegnati sul muro tutti i fiori dell'album delle figurine della natura che c'era nelle edicole nel 1972, edizioni Panini, e in mezzo ai fiori era disegnata una freccia che indicava un balcone con la scritta qui abita Pallino.

Pallino era una ragazza che si vestiva di azzurro e camminava scalza, aveva gli abiti indiani.

Sui vestiti di Pallino c'erano degli elefanti piccoli che in India diceva c'erano davvero, dove lei era stata qualche anno ed era tornata come nessun abitante di Viggiú era. Da casa sua usciva sempre la musica ed era una persona che assomigliava a una festa che i grandi non volevano mai fare perché bisognava lavorare.

Pallino non lavorava e le altre persone del paese dicevano che era una puttana e non le rivolgevano la parola.

L'elastico dell'angelo custode

Un bambino di Viggiú quando aveva dieci anni gli è venuto un problema con uno stronzo che aveva dovuto fare verso le quattro del mattino.

Era ospite in casa di parenti lo avevano messo a dormire in una stanza senza spiegargli dove era il bagno in cui andare lui sua madre e suo padre.

Si chiamava Andrea Loretti e suo padre di giorno aggiustava le radio di notte faceva il contrabbandiere.

A Viggiú, negli anni Settanta quasi tutti facevano i contrabbandieri perché era un modo per guadagnare tanti soldi in piú rispetto a quello che si sarebbe guadagnato senza fare il contrabbandiere, cioè poco.

Andrea Loretti era figlio di un contrabbandiere e questo non era strano, non era un problema perché c'erano due regole, c'era la regola di non fare le cose che non si possono fare e c'era l'altra regola di guadagnare molti soldi.

Suo padre gli aveva spiegato che guadagnando molti soldi sarebbero stati meglio, compravano tutto quello che chi l'aveva già era felice perché loro avevano già rispettato la regola di guadagnare molti soldi e questa è la regola piú importante delle persone.

Allora Andrea continuava diceva che lui era stato male perché quella notte era ospite dai parenti e gli scappava la cacca e era buio e non sapeva dove era il bagno.

Cosí era andato in corridoio con il mal di pancia cercava il bagno.

C'erano le finestre aperte e la luna.

La luna illuminava la faccia di un appendiabiti africano che questi parenti avevano comprato con i soldi del contrabbando anche loro.

L'appendiabiti aveva una faccia veramente mostruosa che da un momento all'altro sarebbe potuta diventare viva se Andrea non fosse scappato subito nella camera dove dormiva inseguendolo.

In camera Andrea aveva il mal di pancia e l'impossibilità di risolvere questo problema.

Prima che iniziasse a morire da piccolo Andrea ha deciso che allora avrebbe fatto la cacca lí per terra in camera e poi avrebbe pensato cosa fare.

Cosí ha chiuso a chiave la porta e ha iniziato a fare la cacca spingendo a bassa voce fino a che non gli è venuto uno stronzo solo passandogli il mal di pancia.

Andrea mi diceva era contento perché il problema della vita era risolto senza esplodere lui per il mal di pancia anche se rimaneva l'incubo di dove mettere la cacca che aveva fatto essendo un'altra delle leggi da rispettare quella che se sei già un bambino abbastanza grande la cacca devi metterla come gli adulti nel water ma Andrea non sapeva dove era il bagno il water e non poteva cercarlo perché in corridoio aveva visto l'appendiabiti che faceva paura e con la luce della luna avrebbe potuto catturarlo scendendo dal muro a prenderlo.

Andrea camminava per la stanza con lo stronzo che aveva fatto in mano e non gli veniva mai in mente cosa avrebbe potuto fare per sbarazzarsene quella notte. Allora ha pensato che poteva buttarlo giú dalla finestra e l'ha aperta per vedere cosa c'era sotto. Sotto la finestra c'era la strada con dei ragazzi grandi che parlavano anche se era notte erano lí.

Andrea li guardava senza farsi vedere al buio sentiva che facevano discorsi sul calcio e ha pensato che se avesse buttato giú lo stronzo i ragazzi lo avrebbero scoperto e suonavano il campanello per dire ai suoi parenti che c'era un bambino che buttava gli stronzi dalla finestra e i parenti svegliati lo picchiavano e anche i ragazzi lo obbligavano a raccogliere lo stronzo che aveva lanciato per la disperazione di non sapere farlo sparire.

Allora Andrea era un bambino disperato con il batticuore ha appoggiato lo stronzo sul comodino della stanza con le mani sporche di cacca ha incominciato a girovagare per la camera con la luce accesa nella solitudine della sua situazione di bambino che ha fatto uno stronzo e questo perché aveva dieci anni e a dieci anni non si può fare ciò a dieci anni devi risolvere questi problemi in un modo o nell'altro pensava Andrea mentre i minuti passavano e sarebbe diventato mattina.

Sul comodino della stanza c'era una statua della Madonna di Lourdes di plastica con dentro l'acqua di Lourdes e un portacenere con le foto di Roma e scritto sopra a Roma sono stato a te ho pensato e questo portacenere come ricordo ti ho portato.

E nella stanza dove Andrea dormiva oltre al comodino c'era un'aspirapolvere appoggiato al muro e un mobile grande con dei cassetti.

Andrea ha aperto i cassetti del mobile grande e c'erano le coperte dei parenti e le lenzuola dei parenti nel primo cassetto. Nel secondo cassetto c'erano delle tovaglie e dei centrini di pizzo e i tovaglioli. Nel terzo cassetto c'erano delle scatole con dentro delle fotografie e delle altre scatole con dentro delle lettere.

Mentre Andrea mi raccontava questa storia è venuto anche un altro bambino che si è messo a ascoltarlo e ha detto che anche lui alla fine della storia di Andrea avrebbe raccontato una storia che aveva vissuto.

Quel bambino si chiamava Corrado Catò e suo padre faceva il camionista con il camion che si era comprato lavorando in una fabbrica in Svizzera dopo dieci anni di turno di notte.

E quella notte raccontava Andrea ha preso dal cassetto delle tovaglie e dei centrini di pizzo un tovagliolo arancione antico lo ha aperto per bene dispiegandolo a terra per trovare la soluzione al suo problema ci ha messo in mezzo lo stronzo avvolgendolo tutto e quando era pronto lo ha nascosto in fondo al cassetto perché la mattina dopo andava via da quella casa e quando i parenti avrebbero scoperto lo stronzo non pensavano che era suo non ne avevano le prove oppure gli adulti proprietari di quella casa si accusavano a vicenda di avere fatto quella cosa per dispetto pazzesco e abbiamo riso tutti di quella soluzione di un problema.

Corrado ha detto che adesso raccontava lui una storia di merda che era successa a un suo cugino di due anni piú grande di lui.

Parlavamo a bassa voce guardandoci attorno perché nessuno si accorgesse di che tipo di storie noi bambini stavamo parlando.

Questo cugino di Corrado faceva sempre degli scherzi pesanti e abitava vicino alla caserma dei finanzieri. Suo padre aveva la villa con il giardino e il barbecue acquistati con il mutuo grazie a un prestito che gli avevano fatto delle suore. Un giorno questo cugino non sapeva cosa fare e in cortile ha deciso di dare fuoco alla merda. Cosí rideva ha cagato in giardino e ha spruzzato sopra quello che aveva fatto quello che c'era nella bottiglia per accendere il barbecue.

Poi ha buttato un fiammifero sopra lo schifo che ha incominciato a bruciare e si è creata una nuvola di puzza grigia che il vento ha portato fino alla caserma dei finanzieri che sono usciti in cortile a vedere da dove arrivava.

Un'altra volta questo cugino di Corrado aveva deciso di fare un altro scherzo pesante e di sera tardi si è messo a fare la cacca in mezzo alla strada che c'è prima di arrivare a casa sua fino a che suo padre tornando con il camion non ha dovuto frenare di colpo perché davanti a lui con i fari accesi ha visto suo figlio che faceva la cacca.

Andrea ha detto che questo cugino di Corrado era veramente scemo ma io ho capito che non erano delle storie di un cugino ma delle avventure di Corrado stesso perché era il padre di Corrado che aveva il camion e anche perché Corrado era scemo con evidenza perché andava in giro per il paese a gridare non si fuma e una volta aveva portato un serpente morto in classe.

Dopo questa storia Corrado e Andrea mi hanno guardato aspettando che fossi io a raccontare una storia imbarazzante che non si sarebbe potuta dire agli adulti ma io mi vergognavo perché la mia storia era molto pesante e avrei rischiato di essere scherzato e anche io ho detto che raccontavo una storia di un mio cugino come Corrado anche se la storia era mia perché mi era successa un'avventura dove ero quasi morto in quanto a differenza di altri bambini a nove anni facevo ancora la pipí a letto, mi mettevo i pannolini e mi vergognavo tantissimo di questo fatto.

Che in pratica una volta che a capodanno eravamo in casa di amici dei miei genitori io dormivo come Andrea in una stanza dove non ero mai stato ma a differenza di Andrea nella sua avventura sapevo dove era il bagno e avevo il terrore di essere scoperto da questi amici dei miei genitori quando la mattina dopo trovavano il letto pisciato capivano.

Mio padre e mia madre erano andati a dormire ubriachi.

Io, sono rimasto da solo con questo problema che il pediatra aveva detto si chiamava enuresi notturno o notturna non mi ricordavo bene e sono andato nella camera dei miei genitori per dirlo a mia madre ma da fuori ho sentito che facevano i gridi dell'amore che ogni tanto sentivo anche a casa specialmente mio padre sembrava un mammut, e non ho avuto il coraggio di entrare.

Una volta, dopo Carosello avevo chiesto a mia madre perché lei e mio padre di notte facevano dei gridi cosí e mio padre e mia madre si sono guardati in modo strano mia madre ha riso e ha detto che mio padre aveva una malattia ma non era grave non dovevo spaventarmi.

Comunque quella notte dovevo arrangiarmi da solo con il mio problema del pediatra enuresi, ma quello che è successo non lo racconto perché mi vergogno troppo ho detto a Andrea a Corrado e loro mi hanno detto non vale.

A questo punto ci devi dire come è andata a finire la storia che racconti.

Io gli ho detto che glielo raccontavo se loro non mi scherzavano per la storia che gli raccontavo e perché gli avevo detto che avevo fatto la pipí a letto fino a nove anni, loro hanno giurato sulla Madonna hanno detto che non dovevo preoccuparmi sarebbero rimasti muti come i pesci e io gli ho raccontato che allora dovevo inventarmi qualcosa e ho pregato l'angelo custode se mi faceva venire un'idea per risolvere il mio problema che mi procurava vergogna con gli altri per i letti dove facevo pipí.

Una volta mia madre mi aveva raccontato che al suo paese per fare smettere un bambino di fare la pipí a letto gli avevano fatto mangiare un topo vivo. Il bambino si era spaventato e non aveva fatto piú la pipí. Io mi sono terrorizzato e ho pregato mia madre di non farlo a me, che avrei smesso da solo presto.

Lei ha detto che va bene, non mi faceva mangiare il topo, lei era una madre moderna e io dovevo ringraziarla.

Io, l'ho ringraziata che era una madre moderna.

E l'angelo custode mi ha detto un'idea.

Dovevo aprire il cassetto del mobile che c'era in corridoio appena fuori dalla stanza dove dormivo, dovevo frugare lí dentro e trovavo un elastico che lui aveva messo per salvarmi dai miei problemi.

Era un elastico azzurro e c'era.

Cosí dovevo tirarmi su la pelle del pistolino e poi legarlo con l'elastico e andare a dormire perché cosí quando mi addormentavo l'elastico bloccava la pipí fino alla mattina dopo e non bagnavo il letto. L'ho fatto e ho ringraziato l'angelo custode e mi sono addormentato e dopo due ore mi sono svegliato perché stavo morendo.

Non riuscivo a respirare il coso mi scoppiava con uno sforzo grandissimo sono sceso dal letto avevo il batticuore ho fatto per correre verso il bagno ma la morte stava arrivando e al buio mi sono abbassato le mutande ho controllato avevo il pistolino enorme pieno di pipí chiusa con l'elastico come i palloncini che si riempiono d'acqua a carnevale e le mani mi tremavano ho cercato di togliere l'elastico mi veniva da gridare e bestemmiare contro l'angelo custode che mi aveva dato quel consiglio non mi aiutava a togliermi l'elastico ho visto l'inferno che cominciava a scoppiare in tutte le stanze del mondo fino a che a un certo punto sono riuscito a togliermi l'elastico ho sospirato forte l'inferno si ritirava spariva.

Il palloncino sgonfiandosi non riuscivo a controllarlo usciva pipí da tutte le parti sul soffitto sui muri sui mobili come un serpente usciva il getto dappertutto mentre io ritornavo a vivere Andrea e Corrado continuavano a ridere dicevano che era una storia bellissima e mi hanno chiesto se era vera e io ho giurato e loro avevano le lacrime per le risate vabbè hanno detto è una storia vera a parte l'angelo custode che non esiste, e che anche se esisteva non mi faceva fare una scemenza cosí e io, ci sono rimasto male.

La ciminiera

Non tutti hanno saputo che fino al 1981 sulla salita che dalla Folla di Malnate porta a Varese c'era una ciminiera, e i bambini passando in macchina la vedevano spuntare dietro la curva, e per tutta la strada che si arrampicava verso la città il fumo grigio usciva dall'alto di quella famosa ciminiera.

La ciminiera era un inceneritore.

Dopo che l'hanno tolto è rimasto per un po' di tempo lo spiazzo vuoto.

Dopo lo spiazzo vuoto hanno messo un concessionario della Fiat.

Dopo il concessionario della Fiat hanno messo l'Ipermercato della Folla di Malnate, che c'è ancora adesso.

Dopo l'Ipermercato della Folla di Malnate che c'è ancora adesso metteranno un negozio del futuro con le macchinette dalle quali esce tutto.

Dopo le macchinette del negozio del futuro con le macchinette dalle quali esce tutto per un po' di tempo ci sarà uno spiazzo vuoto lunare.

Dopo lo spazio vuoto lunare ci sarà un immenso buco per terra in fondo al quale si formeranno delle voragini che portano dall'altra parte della Terra.

Dopo l'immenso buco per Terra in fondo al quale si formeranno delle voragini che portano dall'altra parte della Terra verrà un vento fortissimo.

Dopo che verrà un vento fortissimo non ci sarà piú nulla per molti secoli.

Dopo che per molti secoli non ci sarà stato piú nulla incominceranno a comparire nel vuoto dei microrganismi.

Dopo che i microrganismi saranno apparsi si trasformeranno.

Dopo che si saranno trasformati assumeranno l'aspetto degli animali che molti millenni prima abitavano la Terra.

Dopo che i microrganismi trasformati avranno assunto l'aspetto degli animali che molti millenni prima abitavano la terra arriveranno degli uomini a ucciderli.

Dopo che gli uomini venuti dopo i microrganismi che avevano assunto l'aspetto degli animali che molti millenni prima abitavano la Terra avranno ucciso tutti gli animali abiteranno lí nelle capanne.

Dopo che si saranno stufati di vivere nelle capanne si ammazzeranno.

Dopo che si sono ammazzati qualcuno è rimasto vivo e fa dei figli.

Dopo che i figli sono nati in parte anche loro si ammazzano in parte costruiscono delle cose.

Dopo che hanno costruito delle cose buona parte di quelli di prima sono morti e altri sono nati dopo di loro o durante.

Quelli che dopo di loro o durante sono nati durante la loro vita costruiscono delle altre cose e le scambiano con gli altri nel frattempo che sono vivi.

Con il passare dei secoli le cose diventano migliori.

Con il passare dei secoli le cose diventano troppe.

Dopo che sono passati molti secoli e le cose sono diventate migliori e sono diventate troppe non c'è piú posto per mettere le cose.

Dopo che non c'è piú posto per mettere le cose bisogna trovare la soluzione, bisogna tenere gli uomini o le cose.

Dopo che viene deciso di sterminare gli uomini le cose continuano a essere troppe e bisogna trovare rapidamente una nuova soluzione.

Vengono creati gli inceneritori.

Fino al 1981 sulla salita che dalla Folla di Malnate porta a Varese c'era una ciminiera, e i bambini passando in macchina la vedevano spuntare dietro la curva, e per tutta la strada che si arrampicava verso la città il fumo grigio usciva dall'alto.

La ciminiera, era un inceneritore.

Scorgendolo dall'alto si vedevano attorno a lui le cose vecchie non ancora incenerite, tra i quali vecchi frigoriferi, copie bruciate di Sorrisi e canzoni, barattoli di marmellata vuoti, macchinine.

Dappertutto c'era odore di plastica bruciata e le macchine passavano sopra per andare a Varese.

Dall'alto si vedevano delle persone che con il sacco della spazzatura raccoglievano quello che trovavano in mezzo alle cose che dovevano essere bruciate nell'inceneritore.

E c'era una vecchietta che ho visto raccogliere dei pezzi di ferro che non servivano, e aveva gli occhi tristi. Andando via con la macchina la vecchietta scompariva e diventava indistinta tra i rifiuti.

Quella vecchietta l'ho vista diverse volte e aveva il sacco della spazzatura per raccogliere i pezzi di ferro e era vestita di sacchi della spazzatura.

Avanti e indietro per andare a Varese c'era il popolo delle persone che producevano le cose e le consumavano e le buttavano fuori dalla casa dove un camion le raccoglieva di notte e le portava all'inceneritore dove una macchina le fondeva tutte assieme con un rumore molto forte e le faceva uscire nell'aria che odorava di plastica bruciata.

I miei genitori fumavano in macchina e dentro la macchina c'era odore di sigaretta mentre ogni volta che passavamo dall'inceneritore fuori dalla macchina c'era odore di plastica bruciata.

Dappertutto c'era odore e il mondo continuava con le persone che facevano troppe cose e le buttavano e le persone che andavano a prendere le cose buttate per vedere se funzionavano ancora come la vecchietta in casa sua.

Un ragazzo

Un ragazzo di diciotto anni abitava vicino a via del Roncolino.

Ogni giorno tornava dalla fabbrica e si chiudeva in camera sua.

Si chiudeva a chiave e metteva lo stereo al massimo.

Si sentiva che gridava che la sua fabbrica doveva esplodere.

La voce di quel ragazzo si mischiava a quella dei cantanti e si sentiva urlare il disco in americano, lui allo stesso tempo gridava in siciliano, mischiate alla musica in tutta la zona nord del paese si sentivano le voci.

Noi bambini andavamo ad ascoltarlo.

Quel ragazzo tirava i calci al muro.

Un giorno quel ragazzo mi ha detto che la fabbrica gli faceva dimenticare che era una persona, e che le persone sono degli animali e si devono sfogare. Mangiava il gelato fuori dal bar e ripeteva che un giorno la musica distruggerà le fabbriche.

La bufera

Avevamo i campi di Santo Stefano alle spalle.

Nevicava forte.

Gli altri bambini sciavano nei campi di Santo Stefano, oppure avevano le slitte, i sacchi della spazzatura per scendere dalle rivette gridando pista lasciatemi passare, o guardavano gli altri cercando di non scivolare dove è ghiacciato.

Quando è incominciata la bufera abbiamo iniziato a camminare.

Perché?

Perché cosa?

Perché andiamo?

Perché c'è la bufera.

Ma se c'è la bufera dobbiamo restare ai campi di Santo Stefano.

No, se c'è la bufera dobbiamo andare.

Dove?

Andiamo.

Andiamo?

Stiamo andando.

Eravamo lontani dalla strada.

Eravamo soli.

Andavamo in fondo, dove c'erano dei pini.

Oltre i pini c'era una villa, e oltre la villa la strada che scende fino alla stazione dei treni di Piamo.

Dalla strada si vedevano i pini.

Erano lontani.

Erano dei pini alti e facevano paura.

Facevano un cerchio, e dentro si capiva non passava mai la luce.

Posti cosí ci sono in tutti i paesi.

Si vedono dalle case e nessuno ci va.

Se ci andiamo siamo degli eroi. Gli altri bambini ne parlano.

E se non ci arriviamo?

Ci arriviamo. Ne parlano tutti a scuola. Dicono che siamo i migliori dei campi di Santo Stefano.

Allora ci arriviamo.

Dobbiamo camminare. Non continuare a parlare».

Sí.

Se parliamo ci stanchiamo.

Sí.

Andiamo.

Avevo le mani congelate.

Guardavo il bambino davanti a me.

I piedi affondavano nella neve fresca.

Procedeva veloce.

Lo guardavo, aveva il k-way giallo e camminava.

Io, cercavo di stargli dietro.

Guardavo lui e davanti a lui guardavo i pini, quel poco che si vedeva nella bufera.

Quel bambino aveva dodici anni e era il figlio di un camionista amico dei miei genitori, suo padre faceva avanti e indietro dalla Germania con il camion, ogni volta che tornava dalla Germania portava dei babbi natale di cioccolato e mi era simpatico, suo figlio era venuto ai campi di Santo Stefano, mi aveva detto di andare con lui verso i pini e ci ero andato.

Quel bambino, non sapevo come si chiamava.

Me n'ero sempre vergognato.

Quando segui un bambino che non sai come si chiama fai una brutta figura. Ti metti in una situazione di errore. Non sai il suo nome. Lui lo sa. Allora capisci che forse hai sbagliato a seguirlo verso i pini che ci sono in fondo ai campi di Santo Stefano e hai paura.

Io avevo paura.

Ma non potevo chiamarlo.

Gli andavo dietro in qualche modo.

Era piú grande di me.

Era piú grande di me e era veloce.

E se si preoccupano?

Non si preoccupano perché arriviamo fino ai pini, li attraversiamo e siamo sulla strada che porta alla stazione.

Ma nevica forte.

Se non nevicava forte non partivamo».

C'è la bufera».

Non fare la femmina».

Va bene, ma ai pini torniamo».

Arriviamo ai pini, li attraversiamo e poi torniamo su dalla strada che c'è vicino alla stazione dei treni di Piamo.

Ma prima della strada c'è la villa».

A fianco della villa c'è una stradina, l'ho vista.

Quando?

Quando ero piccolo.

...

Quando ero piccolo sono andato vicino alla villa, e c'è una stradina che porta alla strada...

Per andare alla stazione.

Sí, per andare giú alla stazione dei treni.

Sí.

Faceva freddo.

Il freddo aumentava sempre.

Continuava a peggiorare mano a mano che camminavamo, e il tempo passava, e i rumori erano lontani, e le voci degli altri bambini nei campi di Santo Stefano sparivano, si confondevano sempre di piú al rumore delle giacche a vento.

Noi andavamo in quel posto.

Io e quel bambino.

E tutto era bianco e nevicava.

E il vento come un urlo, e poi taceva.

Ricominciava come un cane che sta per morire, e si lamenta.

Faceva cosí il vento dappertutto.

Noi camminavamo.

Come gli esploratori, e stavamo zitti per non perdere fiato.

Ci sono posti dove i bambini non vanno mai.

I pini in fondo al campo di Santo Stefano erano tra quelli. Per quello il figlio del camionista amico dei miei genitori aveva deciso di andare. Me lo aveva detto all'inizio della bufera.

Un gusto che hanno i bambini è fare queste cose.

All'inizio, non ci pensano.

Hanno il gusto di andare.

Di vedere come è fatta la bufera.

Come si riesce a attraversarla, per arrivare a casa quando la tele è accesa, i genitori ti aspettano al caldo e puoi bere il latte con due cucchiai di Ovomaltina e il miele, pensi che sei stato in mezzo alla bufera guardando i cartoni animati che continuano.

Ma facevo fatica e non riuscivo a stargli dietro.

Alla radio mia nonna mi aveva raccontato di dei bambini che in Russia avevano camminato troppo.

Erano troppo stanchi e camminando erano morti.

Erano morti durante la guerra.

Ma anche senza la guerra i bambini muoiono.

Io ero stanchissimo e mi si bloccava il fiato.

Volevo fermarmi.

Fermiamoci.

È tardi.

Riposiamoci un po'.

Se ci riposiamo un po' ci ghiacciamo.

Ho paura.

Se ci ghiacciamo moriamo. Se non abbiamo paura e camminiamo arriviamo alla villa, dove c'è la stradina.

Ci arriviamo?

Ci arriviamo. Smettila di parlare e cammina.

Sí, gli ho detto.

Ma non ci credevo.

Avevo il cuore in gola.

Le gambe le sentivo sempre meno.

Non mi sentivo piú.
Le gambe.
Dovevo chiamare quel bambino.
Dovevo fare qualcosa.
Dovevo chiamarlo.

In una situazione disperata come quella era importante chiamarlo con il suo nome, era vitale.
Sarei riuscito a commuoverlo.
Con un Oh non commuovi nessuno.
L'ho chiamato.
Gli ho gridato Oh.
Lui affondava deciso nella neve.
Oh, mi ha risposto.
Come ti chiami?
In che senso?, mi ha chiesto.
Come in che senso come ti chiami?

Andava avanti deciso.
È che non ci siamo mai chiamati per nome, vorrei sapere il tuo nome.
Perché, non lo sai?
Non me lo ricordo.
Male. Se non sai il mio nome vuol dire che non sei mio amico.
Io sono tuo amico.
E perché non ti ricordi il mio nome?
Prima lo sapevo.
Prima?
Prima di venire in questo freddo.
Che cosa?
C'era vento.
Prima di andare ai pini.

Cammina, risparmia il fiato.
Dimmi come ti chiami, per favore…
Mi veniva da piangere.

I campi di Santo Stefano erano spariti.
C'erano solo alberi di pino e neve.
Da molto lontano si sentiva il rumore delle auto che passavano, da qualche parte c'era una strada ma io non sapevo piú dov'ero, né quanto quella strada fosse distante, o dove fosse.
Forse me la immaginavo.
Immaginavo il rumore dei motori.
Automobiline nella mia mente giganti.
Volevo solo essere a casa.

Oh, mi ha gridato il bambino girandosi verso di me.
Io non gli ho risposto, mi sono coperto la faccia con la sciarpa, mi vergognavo che scoprisse che stavo per scoppiare a piangere. Avrebbe detto che ero una femmina.
Uguale a una femmina. Sono rimasto zitto.
Lui ha proseguito: Qua c'è un cartello. Un cartello strano.
Cosa?
C'è un cartello con scritto…
Avevo le orecchie congelate. Sentivo il figlio del camionista amico di mio padre solo a tratti, lo vedevo davanti a me immobile in cima a una piccola altura.
Che c'è scritto, nel cartello?

Il bambino mi faceva cenno di avvicinarmi.
Aveva gli occhi strani.
Sembrava un pipistrello.
Perché fai gli occhi cosí?

Continuava a fare cenno di avvicinarmi a lui.
Mi arrampicavo sulla cunetta.
Il bambino ha incominciato a ridere.
Aveva la faccia deforme.
Dalle schiena gli sono spuntate delle ali grigie.

Sulla faccia gli sono spuntati i peli ed è volato via e tutto è diventato piú buio, ho visto il figlio del camionista amico di mio padre svanire nel cielo e il cielo chiudersi e il cartello che mi indicava e sul cartello c'era scritto «Vicuus Julii», in un lampo mi è venuto in mente che a scuola mi avevano spiegato che quelle parole erano il nome di Viggiú molti secoli prima, e volevano dire «Villaggio di Giulio Cesare».

Giulio Cesare era passato a Viggiú e ci aveva messo un villaggio con il suo nome. Prima non c'era niente. Poi il villaggio si è trasformato e anche il nome è diventato «Viggiutis» è poi «Viggiú».

E Viggiú era un urlo che entrava nella galleria. E in quella galleria faceva buio.
Deliravo.
Mi sentivo la febbre.
La testa mi esplodeva.
Avevo le mani ghiacciate.
Sono crollato a terra.

Davanti a me è venuto un uomo.
Aveva la gonna e l'elmetto.
Mi ha preso la mano e ha detto Sono Giulio Cesare.
Io gli ho detto che non esisteva.

Lui ha detto che non esistevo io.
E che non esistevano neanche le Fiat Cinquecento.
E i ghiaccioli.
Non era vero nulla.
Era tantissimi anni fa, e c'era la bufera.

Gli adulti di questi millenni

Gli adulti di questi millenni di vita umana non hanno gli strumenti per capire i problemi di un bambino.

A causa dello sforzo che hanno fatto per adattarsi loro in prima persona alla maggiore età raggiunta attraverso la vita che continua a farti avere anni nel corso dei decenni che trascorri sulla Terra gli uomini sono il risultato di questo problema che assilla chi dopo di loro è nato senza andare a nessuna scuola prima di essere partorito per capire il problema nella sua interezza.

Gli adulti, hanno dimenticato tutto e per questo bambini e adulti si guardano come appena arrivati da diverse astronavi sullo stesso pianeta lontano da dove assieme erano partiti nascendo in differenti momenti da soli sufficienti a creare lo scarto tra i loro mondi che non si incontrano mai.

Gli adulti, conquistano il potere della casa dove vivono comandando i bambini perché li hanno fatti loro fino quando i bambini a loro volta crescono si vendicano sui bambini che fanno loro di nuovo stabiliscono le regole con questo ritmo che si ripete per motivi naturali non si ferma.

I problemi dei bambini sono in buona parte conseguenti al rispetto delle regole che gli adulti stabiliscono a tavolino nel corso delle giornate in cui adulti e bambini convivono o nelle discussioni che i genitori fanno quando i bambini sono a letto e i genitori devono decidere.

Spesso quelle che gli adulti scelgono per i bambini sono le regole che loro adulti avevano dovuto rispettare loro quando erano piccoli, spesso sono il contrario di quelle regole che loro adulti hanno dovuto rispettare quando erano piccoli e degli altri adulti spiegavano loro il comportamento da tenere.

A volte gli adulti cambiano le regole, oppure a intermittenza le stabiliscono creando confusione ai bambini.

La maggior parte delle regole che gli adulti creano hanno lo scopo di non creare problemi allo loro esistenza piú matura.

Quando la loro esistenza matura è complicata da quello che fa un bambino si arrabbiano.

Anche i bambini con il passare degli anni cambiano e diventano diverse le leggi che devono rispettare in casa o quando vanno in vacanza alla fine della scuola.

Una delle leggi dei bambini che cambiano è quella della pipí del modo in cui la fa e dove perché un bambino all'inizio si fa la pipí e la cacca addosso senza che nessuno lo sgrida poi con il passare del tempo si fa soltanto la pipí addosso e a un certo punto deve smettere del tutto di farsi qualunque cosa addosso e impararsi a soffiare il naso bene e non sbrodolarsi addosso le cose quando mangiano o bevono anche quello che non gli piace.

Quando un bambino non rispetta queste regole per un po' si dice che è un bambino problematico ma se continua a non rispettarle per molto tempo oppure diventa grande con queste leggi ancora non imparate si dice che è scemo oppure che è rimasto bambino oppure che è una persona malata che non può fare le cose che fanno gli altri adulti, ma si deve nascondere o vivere meno degli altri grandi.

Il Cottolengo

Nunzio abitava in via Martino Longhi e suo padre aggiustava delle macchine in Giappone e in altre parti del mondo e per questo era l'unico di Viggiú a conoscere molti posti del mondo anche lontano dall'Italia ogni volta che suo padre tornava. Ad esempio in Giappone diceva Nunzio era pieno di pistacchi di pesci crudi e facevano il gelato con il pistacchio cosí quando era pronto lo mettevano sul pesce crudo. Oppure in Africa diceva Nunzio c'era una fabbrica dove gli operai lavoravano nudi solo quando ne avevano voglia, quando non avevano voglia di lavorare ballavano e non lavoravano mai. E ogni volta che Nunzio mi raccontava il mondo che suo padre gli aveva raccontato volevo che me ne raccontava di piú e andava avanti e mi diceva che India non c'era differenza tra le città e i cimiteri e nelle fabbriche c'erano i morti da due giorni alla macchina e li lasciavano lí con la lastra di plastica in mano perché era un'usanza indiana, cosí mi diceva che in Germania suo padre era stato in una fabbrica dove all'intervallo gli operai andavano nel bosco e tiravano le viti agli scoiattoli e quando ne beccavano uno lo ammazzavano e lo imbalsamavano, e che anche in Germania facevano il gelato al pistacchio.

Nunzio aveva sempre un sacchetto di pistacchi che suo padre gli aveva portato a casa da qualche parte del mondo e per me il mondo era un posto strano molto piú vasto di Viggiú riempito di pistacchi ma i suoi racconti con il passare del tempo erano sempre uguali ogni volta che suo padre tornava le storie erano sempre le stesse un giorno gli ho chiesto se non aveva un'altra parte di mondo da dire. Nunzio ci ha pensato un po' e ha detto che il mondo è cosí e comunque tutto il paese doveva essere contento perché ogni volta che suo padre tornava mangiavamo moltissimo pistacchio. Io gli ho detto che questo era vero ma le sue storie non mi bastavano piú e per un po' di mesi non ci siamo piú parlati lui era il mio spiegatore ufficiale del mondo visto non alla televisione ma da suo padre lo avevo privato del suo ruolo sociale tra i bambini di Viggiú o almeno per me ed è per questo motivo che un giorno è tornato da me con la faccia vincente mi ha detto conosco un posto nuovo completamente diverso da tutti gli altri incredibile che adesso ti racconto.

Io ascoltavo lui aveva in mano una pallina da tennis sgonfiata ci giocava e mi raccontava che era stato lui in persona con sua zia in un posto che si chiamava Cottolengo dove aveva visto delle cose strane che non esistono in nessun paese del mondo ma soltanto al Cottolengo.

Io gli ho chiesto dove era questo Cottolengo e lui mi ha detto che era a Torino, io gli ho detto che Torino era in Italia e quindi potevano esserci delle cose strane ma non come in Giappone o in altri posti molto lontani da Viggiú perché nella trasmissione Saturnino Farandola avevano detto che piú vai lontano dal tuo paese piú il mondo cambia interamente ma lui ha detto che al Cottolengo aveva visto delle cose incredibili e io aspettavo che me le dicesse ma lui ha detto che prima se volevo che mi raccontasse il Cottolengo dovevo regalargli una pallina da tennis perché la sua si era rotta perché gliel'aveva morsicata il cane della figlia della sua vicina di casa. Io gli ho detto che non mi sembrava il caso e che si tenesse le sue storie sul Cottolengo e cosí lui ha incominciato a dire che il Cottolengo era un ospedale dove nascondevano delle persone che erano dei cartoni animati viventi ad esempio avevano due teste e ciascuno delle teste tifava una squadra diversa e si litigavano tra loro e si mandavano a quel paese e se ne andavano via ma tanto andavano nello stesso posto perché erano attaccate allo stesso corpo e cosí continuavano a litigare anche di notte. Io gli ho detto che mi sembrava una cosa impossibile e lui ha giurato di sí sulla Madonna e per volere sentire altre cose del mondo del Cottolengo sono andato a casa a prendere una pallina da tennis che mi avevano regalato nuova gialla.

Bravo ha detto Nunzio prendendo la pallina che gli avevo portato ti sei meritato nuove storie sul Cottolengo.

Allora il Cottolengo è tutto buio ci sono le suore e le persone che hanno due teste. Questo me lo hai già detto gli ho detto lui mi ha risposto sí ma non quelle che ti dicevo prima infatti c'è anche una persona che ha una testa di maschio e una di femmina e si innamorano e si baciano tutto il giorno. Io gli ho chiesto se era scemo lui mi ha detto no no che al Cottolengo c'erano anche delle persone che avevano il braccio normale ma alla fine del braccio invece di esserci la mano c'era una testa.

Io non ci credevo gli ho detto guarda che hai giurato sulla Madonna non puoi dire scemenze lui era sempre piú entusiasta mi ha detto ah, il Cottolengo.

Il Cottolengo cosa, gli ho detto?

Bisogna avere un permesso speciale, per entrarci, e io

ci sono entrato perché ho una zia suora che ci è andata per fare una visita e ho visto tutte queste cose che mio padre non ha visto neanche in Giappone o in Africa o in India dove va a riparare le macchine della ditta.

Io aspettavo che Nunzio mi raccontasse altre storie del Cottolengo ma lui mi ha detto che dovevo dargli un'altra pallina da tennis e allora mi sono stancato e gli ho detto che poteva smettere di raccontarmi cosa aveva visto, che me ne andavo a casa ma lui era entusiasta e ha detto va bene, ti dico delle altre cose che ho visto anche senza un'altra pallina.

Al Cottolengo ha detto c'erano delle persone trasparenti che si vedeva il cuore e tutto come il pupazzo che avevamo a scuola per scienze. Allora io ero entusiasta di scoprire il mondo e Nunzio ha detto sí sí tu non hai idea di cosa c'è al Cottolengo mi ha detto ci sono le persone con la proboscide. Questa è una scemata gli ho detto lui era tutto convinto ha insistito guarda che ho giurato sulla Madonna è un posto tutto cosí c'era anche un uomo con al posto della testa un televisore e nel sangue gli scorrevano le trasmissioni e per finire il piú strano di tutti è uno che ho conosciuto che aveva la testa di patata e ogni tanto lo potano per dare da mangiare agli altri bambini del Cottolengo perché poi la testa gli ricresce e la mangiano di nuovo.

Io gli ho detto va be' tu sei scemo ti sei inventato tutto ridammi la pallina da tennis perché mi stai prendendo in giro. Lui ancora ha giurato di no che era tutto vero e se volevo andavamo da sua zia suora che poteva testimoniare e che mi avrebbe raccontato ancora altre storie di persone che aveva visto in quel posto ma io non ne potevo piú e incominciavo a avere paura. Lui è rimasto un poco zitto e mi ha detto va' bene, raccontami tu degli scherzi di carnevale.

Io gli ho detto che nel negozio delle Battagliola ho visto che c'erano le fialette puzzolenti e un gioco dove c'è un pezzo di dito di plastica insanguinato che se lo appoggi al dito piegato e lo spingi avanti e indietro sembra che hai il dito che si stacca e Nunzio ha detto però il Cottolengo è tutta un'altra cosa.

Me ne sono andato a casa ero tutto pensieroso ho chiesto a mia nonna se esisteva un posto a Torino che si chiama Cottolengo e lei mi ha detto di sí, è un posto dove ci sono delle persone molto malate e allora le ho domandato se ci sono anche delle persone che hanno una faccia da maschio e una faccia da femmina e si baciano e poi un uomo con la testa di patata.

Mia nonna ha detto che non dovevo fare lo scemo prendendo in giro gli handicappati e allora sono diventato tutto rosso ho capito che Nunzio mi aveva preso in giro e sono andato a casa sua a chiedergli indietro la pallina ma non c'era e cosí gli ho preso a calci la bicicletta in cortile, gli ho stortato il manubrio e il fanale.

Il Piccolo Chimico Universale

Prima di tutte le persone e prima di Dio, esisteva solamente il padre di Dio.

Il padre di Dio era fatto di tantissime forme di energia in un'altra dimensione piena di aurore che da sempre nel nostro universo non esistono piú.

Nella stessa forma di allora sono svanite.

E il suo mondo era antico piú di tutto, e il padre di Dio aveva una casa in quel mondo.

Era il mondo prima di ogni cosa che esiste adesso e che oggi ugualmente a quello del padre di Dio inizia a finire, da capo, di nuovo.

E aveva un giardino di energia completamente diversa dall'attuale, fatta di molti piú colori di quelli di adesso che gli scienziati non possono scoprire.

E dal nulla il padre di Dio faceva dei giocattoli antichissimi per divertire Dio quando è nato e li ha messi in una scatola che era una specie di Piccolo Chimico Universale.

Dentro la scatola c'era l'universo da scaldare e dei piccoli cristalli di sale con dentro i pianeti e le aurore e il pentolino del tempo col fuoco, e i raggi di luce.

E Dio li ha presi tutti per giocare ma Dio non era capace.

Ed è esploso tutto all'inizio ci fu l'Incendio Universale.

E anche il mondo del padre di Dio è esploso e anche Dio a giocare con il pentolino del tempo ha tirato fuori la materia dalla scatola l'energia ha scaldato i gas cosmici ha accelerato le particelle elettroni e protoni dappertutto sono esplosi andando alla deriva progressiva attraverso i millenni nascevano galassie a precipizio e nell'orbita di una stella io ruotavo dentro mia madre crescevo inconsapevole di tutto attraversato da migliaia di fotoni in via Buzzi Leone 36 a Viggiú in provincia di Varese vicino alla Svizzera mia mamma secerneva ossitocina

nella cervice uterina

Grande religione occidentale

Nel cortile che porta alla parte nuova della chiesa di Santo Stefano c'è il miglior odore d'incenso dell'Occidente.

Tutti quelli che ci passano dopo avere ascoltato Lucio Battisti, quando gli adulti fumano tante sigarette al bar, sentono quell'odore e si fermano. Nessun rumore arriva piú, prima delle campane e della messa c'è silenzio.

Il silenzio si ingrandisce, è pieno come un uovo della storia di Gesú Cristo, il sole, è rosso. Dal rosso del sole escono tutti i giorni che devono ancora arrivare, e poi la morte, e i giorni che devono arrivare dopo la morte, se devono arrivare, come un'esplosione di pianeti, quando suonano le campane, e quello che le nuvole portano via.

Le nuvole portano via tutto, c'è un pettirosso, io ho un fazzoletto che mi ha regalato mia nonna, passo veloce pensando alle cose normali.

Due fatti del luglio 1976

Una delle strade piú inclinate di Viggiú si chiamava via del Roncolino e conteneva un maniaco. Nella seconda metà degli anni Settanta tra i bambini del mio paese i maniaci erano molto rinomati nel loro apparire e scomparire come la neve a novembre in continuazione sui cancelli.

Cosí non tutte le strade erano percorribili a seconda del fatto che fossero o meno abitate da un maniaco le evitavamo.

Il maniaco di via del Roncolino è incominciato verso luglio 1976 aveva i capelli rossi ed era molto basso, con la catenina d'oro appeso alla quale c'era un amuleto d'oro con scritto «maniaco di via del Roncolino».

La sua storia la conoscevano tutti all'oratorio ne parlavamo.

Inizialmente il maniaco di via del Roncolino era un maniaco straniero, aveva viaggiato in diversi paesi tra cui il mondo pieno di pistacchi del Giappone. Poi si era trasferito in via del Roncolino per la sua forma adatta piú di molte altre vie del mondo a spaventare i bambini.

Da mesi viveva dietro un cespuglio e la figlia dell'orefice diceva che l'aveva sentito respirare dietro le piante una volta che era passata di lí e si era girata e lo aveva visto prima di scappare. Aveva un respiro maniacale, come quella di un lupo che è stato bastonato e si riposa insanguinato prima di ritrovare le forze e uscire dal cespuglio.

La figlia dell'orefice era l'unica testimone sicura dell'esistenza del maniaco insieme a Scarfaci.

Scarfaci era un esperto di maniaci di undici anni e si era trasferito a Viggiú l'anno prima. Aveva conosciuto il primo maniaco in Sicilia dove abitava in un paese che si chiamava San Fratello. Lí c'erano diversi maniaci e il piú spaventoso di tutti era stato operato alle tonsille e correva dietro alle ragazze siciliane facendo rumori strani con la gola. Scarfaci ogni volta che arrivava la voce che c'era in giro un maniaco si faceva forza e andava a controllare nella via.

Sul Corriere della Paura c'era il metodo per salvarsi la vita dai maniaci e convincerli ad andare a assumere mostruosi comportamenti in un altro paese se non riuscivano a smettere del tutto la loro abitudine.

Era lo stesso metodo che si usa per i vampiri a andare bene. Si prende un pezzo di legno e si va nel cespuglio dove c'è il maniaco e lo si picchia fino a che non è ferito mortalmente oppure lo si convince ad andarsene dicendo le parole magiche sator arepo tenet opera rotas. A quel punto se si tratta di un vampiro gli si conficca un pugnale d'argento nel cuore, se è un maniaco si scappa senza voltarsi indietro.

Scarfaci tutto questo lo sapeva.

Allora Scarfaci diceva che era andato nel cespuglio del maniaco lo aveva picchiato per bene ma il maniaco si era toccato l'amuleto trasformandosi in un uomo lupo che con la voce umana deformata da voce di lupo diceva io non me ne vado di qui, perché sono un maniaco che può diventare un lupo quando qualcuno lo picchia.

Scarfaci è scappato è venuto all'oratorio e ci ha spiegato come era il maniaco prima di trasformarsi in un lupo. Aveva il fiatone e giurava di non avere mai visto un maniaco cosí pericolosamente nascosto in un cespuglio. Attorno a sé c'erano pezzi di persone del paese mangiate a metà e quaranta lattine di Coca-cola vuote. Il maniaco di via del Roncolino era basso come aveva detto la figlia dell'orefice, con i capelli ricci rossi i denti marci pieni di sangue di cittadini che erano stati in via del Roncolino e trent'anni. Prima di diventare un lupo a Scarfaci che lo picchiava aveva detto che anche i maniaci hanno diritto di vivere e la gente non li capisce non gli permette di parlare non possono andare a fare le manifestazioni per spiegare a tutti il mondo dei maniaci fuori dai cespugli ma non appena Scarfaci si è impietosito il maniaco ha cercato di mangiargli le ginocchia trasformandosi in un lupo respirando pesante prima di ritrovare le forze per compiere delitti.

Non esiste gente piú falsa dei maniaci bisogna lasciarli stare dietro i cespugli dove si nascondono senza cercare mai di parlare con loro per bombardarli dall'elicottero ha detto Scarfaci con il cuore che gli scoppiava per la paura di quello che aveva passato salvandosi all'ultimo momento in una corsa.

In tutto l'oratorio discutevamo su cosa sarebbe stato possibile fare per uscire da quella difficilissima situazione del paese dove vivevamo tutti noi, dopo la partita a mago libero abbiamo preso dei bastoni e siamo andati tutti in via del Roncolino decisi a farla finita per sempre con quel pericoloso maniaco, era pomeriggio tardi e le ombre diventavano lunghe come persone che si sciolgono sul muro, se avessimo aggredito il maniaco tutti insieme anche se si trasformava in un lupo non avrebbe avuto scampo cercandoci di mangiarci uno ad uno. Per farci coraggio andando verso via del Roncolino cantavamo tutti insieme

O alele
alele tichhe tonga
alele massa massa
o alé baluà
balué

che era una delle formule piú famose per farsi coraggio quando dall'oratorio si esce per fare giustizia dei maniaci.

La cantavamo sempre piú forte e Scarfaci stava davanti a tutti andando verso il cespuglio dove era già stato.

Erano le quattro del pomeriggio e i grandi erano ancora tutti a lavorare e noi eravamo dei supereroi che l'avrebbero finita per sempre con il maniaco di via Roncolino, dalle finestre le vecchie ci guardavano passare cantando con il bastone in mano e si facevano il segno della croce ci salutavano con la mano dicevano attenzione ragazzi ricordatevi della vita che finisce e a causa di questo pensiero ci siamo terrorizzati abbiamo deciso di tornare indietro prima che il maniaco decidesse di chiamare altri maniaci per rinforzo per ucciderci tutti e siamo scappati all'oratorio gridando piú forte

O alele
alele ticche tonga
alele massa massa
o alé baluàbalué

e da quel momento per la paura infinita della vita del maniaco di via del Roncolino non abbiamo piú parlato lentamente non se ne è saputo piú nulla del maniaco di tutti i maniaci del mondo dove c'era il cespuglio in cui si nascondeva hanno costruito una villa recintata e stavano per iniziare le olimpiadi di Montreal, che hanno visto come protagonista Nadia Comaneci, la giovane ginnasta rumena che vinse in quell'occasione tre ori, un'impresa che quasi replicò quattro anni dopo a Mosca con due vittorie. Preparata da un allenatore-padrone, la ginnasta ne rimase a lungo succube. Con i suoi successi si ingraziò il regime di Ceausescu, ma, diventata l'amante del figlio del dittatore, fu costretta a subire angherie che non ha mai pubblicamente diffuso.

Un mese prima della caduta del regime fuggí negli Stati Uniti. Oggi Nadia Comaneci vive a Montreal, nella città che l'ha glorificata, dove dirige una scuola di ginnastica. Nadia Comaneci ha vinto tra Olimpiadi e Mondiali 15 ori, 8 argenti e 3 bronzi. A Montreal: oro assoluto, a trave, parallele asimmetriche, argento di squadra e bronzo al corpo libero. A Mosca oro a trave e corpo libero, argento assoluto e argento di squadra. Oro a trave ai mondiali di Strasburgo '78, oro di squadra ai mondiali di Fort Worth '79.

Il giorno piú bello della mia vita

Un giorno avevo ascoltato una cassetta di Battiato e tutto era perfetto, tornavo dall'oratorio a casa e sui muri c'erano le ombre e dentro le ombre si nascondevano le lucertole esattamente come tutti gli altri giorni le lucertole fanno e anche loro sembrava che avevano ascoltato la stessa cassetta di Battiato, si muovevano lentissime con insolita grazia si fermavano.

Sulla strada per tornare a casa mi venivano in mente le parole di quella cassetta di Battiato e dentro di me c'era un languore e dappertutto c'era languore come quello che quel pomeriggio c'era dentro di me.

Anche nelle macchine parcheggiate male e in quelle parcheggiate bene cresceva una cosa che non conosco e restava.

Poi con i miei genitori siamo andati a mangiare la pizza in un ristorante che c'è vicino a Como. Durante il viaggio guardavo al finestrino le case che passavano lontane, erano tranquille, le avevano costruite e rimanevano con le ombre i bambini i signori che entravano dalle porte e uscivano e i motorini sulla strada come in un quadro dipinto da una bambina perché quella è stata la giornata piú bella della mia vita, la pizza era buona è stato

il giorno piú bello della mia vita

Re Cecconi

Il calciatore Re Cecconi, è morto.

Anche io e mia cugina come Re Cecconi per fare uno scherzo una volta abbiamo tirato sul balcone di mia nonna un sacco della spazzatura pieno d'acqua che per l'esplosione ha rotto la finestra di mia nonna che è uscita gridando io vi ammazzo ma non aveva con sé la pistola e lo scherzo non ci è costato la vita.

Io l'ho gridato dal mio balcone a mia nonna se voleva farmi fare la fine di Re Cecconi, ma lei non sapeva chi era Re Cecconi che aveva giocato nella Lazio dal 1972 al 1977 e aveva giocato anche in nazionale perché non aveva visto il telegiornale non seguiva il campionato non sapeva che Re Cecconi era morto perché era entrato in una gioielleria fingendo di essere un ladro e per questo il gioielliere lo ha ucciso.

Mia nonna ha detto che chi lancia i sacchi della spazzatura pieni d'acqua anche se lo fa per scherzo è un delinquente, lei avrebbe avvisato mio padre che per quello mi avrebbe messo in castigo.

Quella notte ho sognato che la vita poteva tornare indietro, che il gioielliere non sparava a Re Cecconi, che mia nonna non avvisava mio padre.

Mio papà fa l'impiegato al cimitero

Una delle cose di cui maggiormente noi bambini di Viggiú ci preoccupavamo era quella di non rimanere orfani. Un bambino di Baraggia era rimasto orfano perché suo padre era pompiere e durante un incendio prima si era bruciato la faccia poi gli era esploso il cuore e era morto. Un altro bambino di via Schieppati aveva il padre che era stato ucciso dai finanzieri perché lo avevano trovato alla dogana con il camion pieno di sigarette di contrabbando da portare in Svizzera e quando lo hanno scoperto quelli gli hanno sparato uccidendolo.

Nella mia classe c'era un bambino che era orfano da quando aveva due anni e un giorno la maestra ci ha fatto fare i pensierini sui nostri genitori e tutti prima di cominciare a scrivere guardavamo lui che guardava il banco perché per fare quei pensierini dovevamo raccontare cosa facevano i nostri genitori per vivere mentre suo padre per vivere non poteva fare nulla essendo morto.

Allora ha scritto sul quaderno la frase «mio papà fa l'impiegato al cimitero» ed è uscito dalla classe facendo una scoreggia.

Faccia di Giuseppe

Giuseppe era un bambino con la faccia da maschera di carnevale di gomma. Per questo in una decina di bambini lo chiamavamo faccia di Giuseppe che non sei altro.

Giuseppe ci rincorreva come uno spastico per picchiarci e diceva a tutti oh, faccia di Giuseppe sarai tu!

Ma noi gli spiegavamo che Giuseppe era lui e quindi era lui a avere la faccia di se stesso, era una vera faccia di Giuseppe e lui si fermava un attimo diceva che questo era vero però ci picchiava lo stesso, anzi per quello.

Allora noi gli dicevamo che non era colpa nostra se lui aveva la faccia da Giuseppe, e che era una persona, lui, Giuseppe, e che tutte le persone, anche i bambini, hanno una faccia, e anche lui l'aveva.

E lui diceva che sí, tutte le persone, anche i bambini, hanno una faccia, ma lui era l'unica persona che continuavamo a chiamare faccia di Giuseppe, mentre le altre non le chiamavamo cosí, e noi rispondevamo che lo chiamavamo cosí perché Giuseppe era lui, e aveva la faccia di Giuseppe, che sembrava una maschera di carnevale di gomma.

Allora Giuseppe riprendeva a correrci dietro per picchiarci e questo era un modo per trascorrere il pomeriggio quando è il 1974 e si è un gruppo di una decina di bambini che non sanno cosa fare vicino al parcheggio piú grande di un paese della provincia di Varese, l'oratorio è chiuso e c'è Giuseppe.

Ufo

Un uomo di Baraggia (frazione di Viggiú e parrocchia di rito ambrosiano) possedeva una lambretta che funzionava bene.

Con la lambretta al mattino andava al lavoro, con la lambretta di sera tardi tornava dalla fabbrica dove lavorava in Svizzera.

Ogni giorno per anni quell'uomo faceva ciò e sulla strada per andare e tornare dal lavoro durante il corso della sua vita non aveva mai incontrato delle forme di vita extraterrestre che fossero interessanti o anche prive di interesse, tutta la sua vita era presa dalla fabbrica dove produceva pettini piccoli, di differenti colori, per i baffi, e quello per lui era l'universo e le sue forme di vita.

Nella fabbrica arrivavano i sacchi di palline di rotonde di plastica di colori diversi e una macchina li scaldava e li scioglieva, formava un impasto trasparente e marrone che ruotava. Quell'uomo preparava gli stampi dove veniva colato l'impasto che diventava pettini per i baffi a migliaia caldi attaccati uno dietro l'altro in quella fabbrica della Svizzera ticinese.

Quell'uomo, metteva gli stampi a raffreddare nell'acqua fredda e tutti i giorni staccava i pettini dallo stampo prima di tornare a casa in lambretta dove l'aspettavano sua moglie e i suoi quattro figli tutti maschi.

Sua moglie, si chiamava Lucia e era siciliana e faceva la custode del cimitero di Viggiú ma solo d'estate, d'inverno aiutava al mercato.

Il primo suo figlio si chiamava Enrico e lavorava con lui nella fabbrica.

Il secondo suo figlio si chiamava Salvatore aveva dodici anni e faceva le medie a Viggiú.

Il terzo suo figlio si chiamava Calogero e faceva le elementari a Viggiú.

Il quarto suo figlio si chiamava Matteo e aveva tre anni.

Lui, si chiamava Giovanni e aveva trentasei anni.

Una sera, quell'uomo ha incontrato il segno di una vita extraterrestre.

Era inverno.

Quell'uomo stava andando su una salita quando ha visto delle luci a intermittenza bianche a lato della strada. Mentre con la lambretta proseguiva il ritorno dal lavoro le luci diventavano piú intense e lui si chiedeva che cosa fossero, pensava intensamente che forse quelle luci erano il segno di una vita extraterrestre.

Quando tutto il giorno lavori in fabbrica anche se non lo capiscono vuoi spiegarlo agli extraterrestri, cosa è la fabbrica, pensava quell'uomo guidando.

Allora per non perdere l'occasione che gli si presentava ha parcheggiato la lambretta vicino al muro del convento delle suore e è andato verso le luci lampeggianti accese. Andando verso le luci pensava ai pettini e allo spazio, all'enciclopedia sui missili e le stelle comete e ai suoi figli di cui il piú grande, Enrico, lavorava con lui in Svizzera dove andava con il furgoncino della ditta perché a differenza di suo padre non possedeva ancora una lambretta.

Giovanni aveva comperato la lambretta nel 1972.

Era vecchia di due anni usata poco. Era una lambretta Lui 50 sl con leva al manubrio con pallina di sicurezza miscela 2% candela filetto lungo 225 scala Bosch olio motore sae 90 160 grammi carburatore sha 1/20 getto max 52 getto min. 45 valvola 1 anticipo accensione 20°-22°, Giovanni aveva messo via i soldi per acquistarla e adesso l'aveva e anche suo figlio Enrico li metteva da parte trattenendoli ogni mese dallo stipendio per comperarsi anche lui una lambretta fino a quando con suo padre tornavano assieme dalla fabbrica, suo padre davanti lui di dietro per questione di anzianità e poi negli anni anche gli altri tre figli Salvatore Calogero Matteo avrebbero lavorato in fabbrica e comperato le lambrette cosí tutti assieme la sera tornavano dalla Svizzera in fila verso la salita che porta alla Baraggia di Viggiú.

Ed ecco una famiglia.

Primo, davanti, Giovanni.
Dietro, secondo, Enrico.
Dietro ancora, terzo, Salvatore.
Per quarto, Calogero.
Per ultimo, Matteo.
A casa, li aspettava Lucia.

Questo, era il programma di una famiglia per un futuro che per tre quarti non era ancora arrivato.

Giovanni aveva sentito in una trasmissione alla radio

che l'anno prima un operaio in un paese del Piemonte era stato rapito dagli ufo ma sull'astronave si era trovato bene, gli avevano dato da mangiare, lo avevano fatto riposare e lui aveva spiegato ai marziani che lo ascoltavano con attenzione la sua vita in fabbrica e gli ufo in quella trasmissione all'operaio piemontese gli avevano dato dei soldi per aiutarlo a comperare una villetta con il garage e del terreno.

Cosí quella sera parcheggiando la lambretta Giovanni andava verso le luci dell'universo con il cuore che gli scoppiava dall'emozione per capire se la sua vita sarebbe cambiata per sempre grazie alle luci intermittenti giunte da un altro mondo provenute quella sera alla salita della Baraggia di Viggiú.

Dopo avere messo la catena alla lambretta Giovanni è andato verso la luce che diventava sempre piú forte ed è stato in quel momento che ha visto i marziani che erano piccoli e tutti colorati nascosti agli angoli della luce e ha avuto paura che fossero marziani cattivi.

Giovanni ha vinto la paura ha chiuso gli occhi e ha detto so che non siete cattivi voi ufo io so che siete venuti a salvarmi a capire cosa è la vita di uno che vive a Viggiú e lavora in fabbrica nell'universo tutti ne parlano, come sono arrivato qui dal Veneto. Giovanni rimaneva con gli occhi chiusi continuava a parlare insisteva voi venite dallo spazio io vengo dal Veneto nel silenzio della notte viggiutese. Fino a quando Giovanni non ha sentito qualcuno che bussava alle sue spalle ha aperto gli occhi e nel buio assoluto c'era la voce di uno che gli chiedeva con la voce terrestre con l'accento napoletano chi era e cosa faceva lí.

E Giovanni ha aperto gli occhi e non c'era piú la luce gli extraterrestri ma il maresciallo della stazione dei carabinieri e l'appuntato che dicevano se era sua la lambretta che c'era parcheggiata in curva piú avanti e che cosa faceva lí. Giovanni ha detto che la lambretta era sua, e l'appuntato gli ha chiesto perché, e Giovanni ha pensato che un carabiniere non avrebbe mai capito che per colpa loro gli ufo erano scappati e li ha seguiti in caserma per fargli vedere i documenti.

I negozi dei vecchi

Ci sono delle persone molto anziane che hanno un negozio che diventa vecchio con loro, e non si riesce piú a distinguere la persona dal negozio, il negozio dalla persona.

Quando muoiono, non è detto che questo succeda nello stesso esatto momento.

A volte muore prima il negozio, a volte muore prima la persona.

Se muore prima la persona il negozio per qualche tempo continua a rimanere aperto, il pubblico entra a guardare lo spegnersi delle cose esposte sugli scaffali e parla con il proprietario anche se è morto non se ne accorgono davvero non esiste una vera e propria differenza. Se muore prima il negozio le persone continuano a fingere di vendere le cose che non ci sono piú lo fanno negli angoli degli ospedali dove aspettano di raggiungere il loro negozio nel posto lontano in cui le piccole imprese non hanno fine e non ci sono orari di chiusura perché gli altri morti continuano a comprare tutte le cose che da vivi non hanno fatto a tempo a acquistare.

Nell'aldilà le cose costano molto poco oppure se scegli di pagare a rate hai l'eternità per finire di pagare e questo ti permette di dilazionare cosí tanto il pagamento da non pagarlo mai. Nell'aldilà le cose sono gratis anche se fanno finta di costare perché le cose gratis non le vuole nessuno neppure i morti. Nell'aldilà si trovano ancora aperti tanti negozietti che sulla Terra da tempo sono spariti per lasciare posto ai centri commerciali ad esempio due negozi che c'erano a Viggiú trent'anni fa.

A Viggiú a metà degli anni Settanta c'era un negozio di bottoni.

Dentro il negozio di bottoni c'era una vecchietta che non si vedeva perché il negozio era sempre buio e faceva odore di muffa e carta vecchia. Nessuno entrava mai per settimane. Quando qualcuno entrava la vecchietta dopo un po' se ne accorgeva e anche il cliente perché con il passare dei minuti ti abitui al buio vedi le cose e le vecchiette che stanno dietro il banco.

Questa vecchietta aveva delle scatole di metallo dei biscotti Lazzaroni dove teneva cosí tanti bottoni, io strappavo di nascosto dei bottoni dai vestiti di mia nonna per andare dalla vecchietta e dirle che ne volevo uno uguale. La vecchietta apriva tutte le scatole e scoprivo il mondo dei bottoni. La vecchietta aveva bottoni a forma di nuvola, bottoni a forma di conchiglia, bottoni militari con il simbolo della falce e martello, bottoni fascisti con l'aquila, bottoni cosí grandi da sembrare impossibili, bottoni a forma di cesto di frutta, bottoni a forma di Madonna. Qualunque cosa può diventare un bottone e stava nel suo negozio. Oltre ai bottoni aveva dei pigiami che non si usavano piú da settant'anni e erano impilati uno sopra l'altro.

Poi vendeva dei rotoli di spago e degli aghi arrugginiti.

Quando la vecchietta del negozio è morta nessuno aveva il coraggio di chiuderlo e cosí è rimasto aperto per un altro po' tanto comunque nessuno ci entrava da anni. Dopo è stato abbattuto e ci hanno costruito un negozio di pizze al taglio e pasta fresca che poi ha chiuso è diventato un'edicola che poi ha chiuso anche quella e adesso hanno fatto una piazza e della vecchietta e dei suoi bottoni cosí grandi da sembrare impossibili non si ricorda piú nessuno nei secoli.

Un altro negozio che c'era a Viggiú in quel periodo era quello della signora che abitava sopra il suo negozio di cose. Non è che il negozio fosse proprio aperto. Scostavi una specie di persiana aprivi una porta e dentro c'era il negozio. Sul banco del negozio c'era un campanello. Se lo suonavi poteva darsi che la signora scendesse a venderti le cose o a chiederti come stavi, cosa facevi, di chi eri figlio. Nel negozio c'erano ovetti di pasqua di zucchero con il cioccolato dentro avvolti nella carta stagnola. Dentro le uova c'era un soldatino Atlantic o un tatuaggio. Inoltre aveva delle cicche dei cartoni animati e gli spaghetti sfusi dentro delle bocce di vetro e delle lamette da barba senza rasoio che sembravano cicche schiacciate piú piccole con sopra la faccia di Napoleone, e delle matite senza punta. La signora era vedova aveva novant'anni quando suo marito era morto quindici anni prima quello era un negozio vero poi hanno murato le vetrine ma lei di nascosto ha continuato a tenere il negozio aperto dietro la persiana con la roba che era rimasta anche se i nostri genitori non volevano che ci andassimo perché diceva che era tutto marcio noi bambini ci andavamo lo stesso a comperare gli ovetti o a guardare la pasta sfusa.

La carne cruda!

A Viggiú autunno significa castagne, e castagne vuol dire interminabili scarpinate alla Selva o su su per via del Roncolino.

Alla selva ci sono i marroni, in cima a via del Roncolino un'infinità di castagne non meno apprezzabili ma piú piccole, con i pelucchi che si staccano e vanno a finire in fondo al sacchetto di plastica.

Pure, si andava a gruppi di cinque dove c'è la villa dei Mammoli, con il campo da tennis incustodito e i pupazzetti di gesso con la casa di cui parlo di piú in un altro racconto di questo libro.

Lí c'era un numero esagitato di rivette coperte di foglie e Andrea riempiva due, tre sacchetti dell'Upim ogni volta, li portava a scuola a farli vedere a tutti i compagni di classe.

Ci volle poco per farne la meta di tutti gli appassionati di castagne della zona.

Cosí un pomeriggio pioveva talmente che non c'era nessuno. Il cielo era dello stesso colore di un pipistrello che vola via, l'aria era due volte piú fredda di ieri, la gente stava a casa a pregare che il bel tempo tornasse.

Come due fratelli di Messner io e Andrea andammo con il batticuore lí.

C'erano castagne viscide di terra e acqua che scivola tra le mani, erano migliaia di castagne per noi.

Le raccoglievamo cantando una canzone che c'è nel film di Woody Allen che si chiama Prendi i soldi e scappa.

La canzone diceva tipo «When I go Miss Lisa / When I go to Misissipi» (non sapevamo l'inglese).

Un uomo assurdo, vestito di nero con i vestiti rotti da dietro un albero ci guardava.

Ci faceva segno con le dita nere di andare verso di lui ci faceva segno di avvicinarci subito.

Noi avevamo paura non volevamo avvicinarci a quell'uomo vestito tutto di nero.

Allora il cielo incominciò a roteare le nuvole si spaccarono come un sacco dello spazzatura pieno d'acqua sporca sopra di noi.

Ci cadde addosso il cielo.

Era settembre.

Allora, iniziammo a saltare come pirati, da una cunetta all'altra cercavamo scampo a tutto.

L'uomo con i vestiti rotti rise di una risata spaventosa urlando ai quattro venti: LA CARNE CRUDA! LA CARNE CRUDA!, lasciando che la «U» scivolasse per le nostre orecchie come un lupo mannaro che ha fame, e sta morendo.

Era il 22 settembre 1976.

Tornato a casa guardai alla tele Avventura (con la sigla cantata da Joe Cocker).

Tetsujin 28-GO e gli altri 22 robot scappati dal negozio di giocattoli della Battagliola per prendere il potere del Comune di Viggiú e poi della Terra

Un giorno i robot che c'erano nel negozio di giocattoli della Battagliola sono usciti dalle loro scatole, si sono tolti il prezzo e hanno iniziato a marciare verso il comune di Viggiú per conquistare tutto il potere che dei piccoli robot sono all'inizio in grado di concepire prima di dominare l'intero pianeta nel quale con i robot giocattolo viviamo.

Nessuno degli adulti del mio paese li vedeva perché erano piccoli al bordo della strada in fila indiana.

Oppure li vedevano, gli adulti, ma pensavano che non era vero che erano lí a marciare in fila indiana perché gli adulti sono come dei robot a modo loro, ti hanno fatto nascere e si programmano la testa per vedere quello che vogliono loro esattamente come lo ha spiegato il telegiornale continuano a vivere a vedere.

Il resto, anche se lo vedono alzano le spalle e lo tolgono dai programmi che nella loro mente spiegano cosa è stato visto e cosa hanno detto i bambini.

Questi robot scappati dal negozio della Battagliola erano:

1) Tetsujin 28-GO con il naso di picchio e gli occhi gialli. Sulla schiena aveva un cucciolo di robot che controllava il paese, e i suoi piedi erano come quelli di un papero di plastica molle verde e marciava davanti a tutti.

2) Mirror Man, Ultra Man e Ultra 7 con la molla sui fianchi per avanzare verso il comune strisciando gli stivali spaziali rossi (Mirror Man e Ultra Man) o color argento (Ultra Man).

Mirror Man aveva gli occhiali da sciatore spaziale e le mani gialle.

Ultra Man la testa da papero e due bottoni al posto degli occhi.

Ultra 7 la testa a forma di chiesa e la tuta da ginnastica adidas rossa di metallo lunare.

3) U-5 Robot con un disco dello zecchino d'oro al posto della gola e subito sotto un cruscotto per capire quanta energia gli rimaneva per arrivare in comune. Le sue mani, erano a forma di tenaglia arancione.

4) Hysterical Robot con le gambe a forma di aspirapolvere e un tachimetro sulla pancia piena di bulloni neri. Sulla pancia aveva anche una cassa per lanciare messaggi contro il paese e la sua bocca era piena di denti, gli occhiali a raggi X e il cervello verde fosforescente che si illuminava ogni volta che qualche passante rischiava di investirlo.

5) Robotank-Z a forma di scatola semovibile di Simmenthal senza mucca cingolata con sopra una scatola di Manzotin azzurra ruotante piena di bombardieri e antenne per captare Alpha Centauri e Marte. Anche ai lati Ro-

botank-Z aveva razzi pronti da sparare e la testa pieni di transistor triangolari che fino a che andavano le pile giravano ininterrottamente.

6) Mike Robot con il telecomando che dal negozio della Battagliola si snodava fino al comune con le gambe in tubo della stufa bianco e il corpo di radio per ascoltare le partite della domenica, la faccia triste e le mani a forma di lego rotondi.

7) RT-8 Robot fatto a forma di scatola del latte di trent'anni fa che si è trasformata in un carro armato piccolo con le braccia di martelli di plastica gialla piegati come quelli che si trovano nelle uova di pasqua e due ventilatori al posto degli occhi e un'elica gialla nei capelli meccanici.

8) Gear Robot 1 e 2. Gear Robot 1 al posto della pancia aveva uno sportello trasparente dove si vedevano gli ingranaggi che lo facevano essere un robot. I due ingranaggi piú grandi erano gialli. Gear Robot 2 era uguale a Gear Robot 2 con la differenza che gli ingranaggi piú grandi erano verde quasi trasparente, e tutti e due avevano le orecchie a forma di telefono a gettoni.

9) Moon Explorer con una luce rossa accesa al centro della fronte e il naso a forma di formaggino di ferro e un orologio con solo le lancette delle ore e dei minuti nella pancia, un triangolo di metallo sospeso nella testa e le mani come un cacciavite a stella bianco sotto e giallo sopra.

10) Ohgon Bat con il corpo a forma di Bud Spencer elettronico nudo e un mantello marrone fuori e rosso dentro.

Ohgon Bat aveva la testa di scheletro venuto dallo spazio e nella mano lo scettro della distruzione dell'umanità.

11) Ultra Man Leo tutto rosso con una manopola di latta al posto del cuore per aumentare la velocità con cui andava verso il comune, la testa a forma di mantide religiosa e gli occhi arancioni bucati rettangolari come le fessure per mettere le monete nei salvadanai.

12) Astro Man con la testa grande due volte il resto del corpo. La testa era dentro un casco di plastica rossa e dentro il casco si vedeva la sua faccia triste per la sua anomalia fisica rispetto agli altri robot che andavano verso il comune.

Nella pancia Astro Man aveva un tasto off e un tasto on, e il condotto per l'aerazione interna della tuta arancione che indossava.

13) Astronaut Rosko con la pancia triangolare e due tubi bianchi che da lí uscivano e arrivavano fino alla schiena perché Astronaut Rosko respirava l'ossigeno che la sua pancia produceva sintetizzando l'energia delle pile della Battagliola che si diffondeva nel suo corpo di latta fino alla testa che era dentro una campana trasparente dentro la quale c'era un casco bianco dentro il quale si intravedeva la faccia piena di grinta di Astronaut Rosko.

14) Metamorph con le gambe di condizionatore d'aria verde e il corpo come una radio che è anche una spugna, con una pentola radioattiva in mezzo alla pancia e un bottone è per scatenare armi contro il nemico nel cuore. La testa era di drago metà rosso metà dorato che si apriva per fare emergere una testa di Gesú bambino fatto di detersivo per i piatti compresso.

15) Astronauth Daysa con le bombole d'ossigeno sulla schiena uguali a delle pile stile e un fucile con una cannuccia trasparente alla fine. Astronauth Daysa aveva la faccia di neonato con una cuffia da bagno galattica rossa e i piedi rettangolari schiacciati circondati da pulsanti.

16) Answer Game Robot Machine senza piedi ma con una piramide rossa alla base del suo corpo dello spazio, come una specie di gonna sotto la quale avanzare verso il comune di Viggiú. Answer Game Robot Machine aveva nella pancia dieci tasti come in una calcolatrice con i numeri da uno a dieci e una griglia per fare la carne arrosto al posto della bocca e due bocce di vetro con dentro un pezzo di cartone a forma di pupilla giallastra negli occhi.

17) Smoking Robot tutto nero con un contachilometri in mezzo al corpo e un pulsante per fargli uscire il fumo dalla testa e una serie di otto viti di plastica a t che insieme formavano il naso e un paio di sopracciglia spaziali molto folte.

18) Atom Robot fatto a forma di suora metallica delle galassie con due manopole per cambiare canale della televisione al posto dei seni e delle onde elettromagnetiche posizionate sotto l'ombelico. Sulle spalle aveva dei microfoni per emettere stridore spaziale e sulla testa un pezzo di metallo colorato di rosso per difendere il cervello cibernetico blu.

19) Acrobot Robot con la testa al posto dei piedi tutto blu, camminava con le mani sotto le quali c'erano due rotelle di plastica per parte. In mezzo al blu nel petto aveva la scritta rossa ACROBOT e in basso oppure sopra perché camminava rovesciato c'era una radio rotonda triangolare sotto.

20) Yonezawa Robot che aveva la faccia tutta bianca come se fosse fasciato come se aveva il volto ustionato dal troppo camminare su Marte senza protezione solare ma con una sirena della polizia sulla testa e bottoni dappertutto per potere usufruire delle diverse sue funzioni che si attivavano girando fino a che sanguinano le dita la molla che aveva sul fianco sinistro. Le gambe di Yonezawa Robot erano nere piene di viti bianche e le braccia erano come quelle del meccano si piegavano giuntate in piú punti avanti e indietro.

21) Gear Robot con le gambe uguali a quelle dell'omino Michelin ma colorate di nero e nella pancia una grande quantità di ingranaggi che giravano in senso orario e in

senso antiorario di colore bianco blu rosso arancione azzurro quasi trasparente e azzurro chiaro. La faccia di Gear Robot era triste con la bocca strettissima rettangolare e dei bottoncini rossi al posto dei denti

22) Robot Yone Toy con le gambe di rana di plastica verde a molla e la faccia da pagliaccio femmina con i seni a forma di contatore geiger e le labbra di metallo con rossetto di metallo rosso e un'antenna bianca sulla schiena piegata con in cima la scritta ROBOT.

23) Tv Robot con uno spago di gomma rossa sulla spalla piegato a forma di antenna e uno schermo televisivo in mezzo alla pancia di metallo nero dove si vedevano le diapositive delle galassie. Quando appariva la diapositiva del sistema solare guardando bene si vedeva la Terra l'Europa l'Italia

la Lombardia Milano e piú in alto dopo Gallarate Busto Arsizio Tradate Varese Malnate Viggiú e sforzando al massimo la vista anche l'inizio di via Roma dove all'uscita del negozio della Battagliola 23 robot tra cui lo stesso Tv Robot marciavano verso il comune

per conquistare tutto il potere che dei piccoli robot sono all'inizio in grado di concepire prima di dominare l'intero pianeta. Nessuno degli adulti del mio paese li vedeva perché erano piccoli al bordo della strada in fila indiana. Oppure li vedevano, gli adulti, ma pensavano che non era vero che erano lí a marciare in fila indiana perché gli adulti sono come dei robot

a modo loro, ti hanno fatto nascere e si programmano la testa per vedere quello che vogliono loro esattamente come lo ha spiegato il telegiornale continuano a vivere a vedere. Il resto, anche se lo vedono alzano le spalle e lo tolgono dai programmi che nella loro mente spiegano cosa è stato visto e cosa hanno detto i bambini. Questi robot scappati dal negozio della Battagliola erano: 1) Tetsujin 28-GO con il naso di picchio e gli occhi gialli. Sulla schiena aveva un cucciolo di robot che controllava il paese, e i suoi piedi erano come quelli di un papero di plastica molle verde e marciava davanti a tutti. 2) Mirror Man, Ultra Man e Ultra 7 con la molla sui fianchi per avanzare verso il comune strisciando gli stivali spaziali rossi (Mirror Man e Ultra Man) o color argento (Ultra Man). Mirror Man aveva gli occhiali da sciatore spaziale e le mani gialle. Ultra Man la testa da papero e due bottoni al posto degli occhi. Ultra 7 la testa a forma di chiesa e la tuta da ginnastica adidas rossa di metallo lunare. 3) U-5 Robot con un disco dello zecchino d'oro al posto della gola e subito sotto un cruscotto per capire quanta energia gli rimaneva per arrivare in comune. Le sue mani, erano a forma di tenaglia arancione. 4) Hysterical Robot con le gambe a forma di aspirapolvere e un tachimetro sulla pancia piena di bulloni neri. Sulla pancia aveva anche una cassa per lanciare messaggi contro il paese e la sua bocca era piena di denti, gli occhiali a raggi X e il cervello verde fosforescente che si illuminava ogni volta che qualche passante rischiava di investirlo. 5) Robotank-Z a forma di scatola semovibile di Simmenthal senza mucca cingolata con sopra una scatola di Manzotin azzurra ruotante piena di bombardieri e antenne per captare Alpha Centauri e Marte. Anche ai lati Robotank-Z aveva razzi pronti da sparare e la testa pieni di transistor triangolari che fino a che andavano le pile giravano ininterrottamente. 6) Mike Robot con il telecomando che dal negozio della Battagliola si snodava fino al comune con le gambe in tubo della stufa bianco e il corpo di radio per ascoltare le partite della domenica, la faccia triste e le mani a forma di lego rotondi. 7) RT-8 Robot fatto a forma di scatola del latte di trent'anni fa che si è trasformata in un carro armato piccolo con le braccia di martelli di plastica gialla piegati come quelli che si trovano nelle uova di pasqua e due ventilatori al posto degli occhi e un'elica gialla nei capelli meccanici. 8) Gear Robot 1 e 2. Gear Robot 1 al posto della pancia aveva uno sportello trasparente dove si vedevano gli ingranaggi che lo facevano essere un robot. I due ingranaggi piú grandi erano gialli. Gear Robot 2 era uguale a Gear Robot 2 con la differenza che gli ingranaggi piú grandi erano verde quasi trasparente, e tutti e due avevano le orecchie a forma di telefono a gettoni. 9) Moon Explorer con una luce rossa accesa al centro della fronte e il naso a forma di formaggino di ferro e un orologio con solo le lancette delle ore e dei minuti nella pancia, un triangolo di metallo sospeso nella testa e le mani come un cacciavite a stella bianco sotto e giallo sopra. 10) Ohgon Bat con il corpo a forma di Bud Spencer elettronico nudo e un mantello marrone fuori e rosso dentro. Ohgon Bat aveva la testa di scheletro venuto dallo spazio e nella mano lo scettro della distruzione dell'umanità 11) Ultra Man leo tutto rosso con una manopola di latta al posto del cuore per aumentare la velocità con cui andava verso il comune, la testa a forma di mantide religiosa e gli occhi arancioni bucati rettangolari come le fessure per mettere le monete nei salvadanai 12) Astro Man con la testa grande due volte il resto del corpo. La testa era dentro un casco di plastica rossa e dentro il casco si vedeva la sua faccia triste per la sua anomalia fisica rispetto agli altri robot che andavano verso il comune. Nella pancia Astro Man aveva un tasto off e un tasto on, e il condotto per l'aerazione interna della tuta arancione che indossava. 13) Astronaut Rosko con la pancia triangolare e due tubi bianchi che da lí uscivano e arrivavano fino alla schiena perché Astronaut Rosko respirava l'ossigeno che la sua pancia produceva sintetizzando l'energia delle pile della Battagliola che si diffondeva nel suo corpo di latta fino alla testa che era dentro una campana trasparente dentro la quale c'era un casco bianco dentro il quale si intravedeva la faccia piena di grinta di Astronaut Rosko. 14) Metamorph con le gambe di condizionatore d'aria verde e il corpo come una radio che è anche una spugna, con una pentola radioattiva in mezzo alla pancia e un bottone per scatenare armi contro il nemico nel cuore. La testa era di drago metà rosso metà dorato che si apriva per fare emergere una testa di Gesú bambino fatto di detersivo per i piatti compresso. 15) Astronauth Daysa con le bombole d'ossigeno sulla schiena uguali a delle pile stile e un fucile con una cannuccia trasparente alla fine. Astronauth Daysa aveva la faccia di neonato con una cuffia da bagno galattica rossa e i piedi rettangolari schiacciati circondati da pulsanti. 16) Answer Game Robot Machine senza piedi ma con una piramide rossa alla base del suo corpo dello spazio, come una specie di gonna sotto la quale avanzare verso il comune di Viggiú. Answer Game Robot Machine aveva nella pancia dieci tasti come in una calcolatrice con i numeri da uno a dieci e una griglia per fare la carne arrosto al posto della bocca e due bocce di vetro con dentro un pezzo di cartone a forma di pupilla giallastra negli occhi. 17) Smoking Robot tutto nero con un contachilometri in mezzo al corpo e un pulsante per fargli uscire il fumo dalla testa e una serie di otto viti di plastica a t che insieme formavano il naso e un paio di sopracciglia spaziali molto folte. 18) Atom Robot fatto a forma di suora metallica delle galassie con due manopole per cambiare canale della televisione al posto dei seni e delle onde elettromagnetiche posizionate sotto l'ombelico. Sulle spalle aveva dei microfoni per emettere stridore spaziale e sulla testa un pezzo di metallo colorato di rosso per difendere il cervello cibernetico blu. 19) Acrobot Robot con la testa al posto dei piedi tutto blu, camminava con le mani sotto le quali c'erano due rotelle di plastica per parte. In mezzo al blu nel petto aveva la scritta rossa ACROBOT e in basso oppure sopra perché camminava rovesciato c'era una radio rotonda triangolare sotto. 20) Yonezawa Robot che aveva la faccia tutta bianca come se fosse fasciato come se aveva il volto ustionato dal troppo camminare su Marte senza protezione solare ma con una sirena della polizia sulla testa e bottoni dappertutto per potere usufruire delle diverse sue funzioni che si attivavano girando fino a che sanguinano le dita la molla che aveva sul fianco sinistro. Le gambe di Yonezawa Robot erano nere piene di viti bianche e le braccia erano come quelle del meccano si piegavano giuntate in piú punti avanti e indietro. 21) Gear Robot con le gambe uguali a quelle dell'omino Michelin ma colorate di nero e nella pancia una grande quantità di ingranaggi che giravano in senso orario e in senso antiorario di colore bianco blu rosso arancione azzurro quasi trasparente e azzurro chiaro. La faccia di Gear Robot era triste con la bocca strettissima rettangolare e dei bottoncini rossi al posto dei denti 22) Robot Yone Toy con le gambe di rana di plastica verde a molla e la faccia da pagliaccio femmina con i seni a forma di contatore geiger e le labbra di metallo con rossetto di metallo rosso e un'antenna bianca sulla schiena piegata con in cima la scritta ROBOT. 23) Tv Robot con uno spago di gomma rossa sulla spalla piegato a forma di antenna e uno schermo televisivo in mezzo alla pancia di metallo nero dove si vedevano le diapositive delle galassie. Quando appariva la diapositiva del sistema solare guardando bene si vedeva la Terra l'Europa L'Italia la Lombardia Milano e piú in alto dopo Gallarate Busto Arsizio Tradate Varese Malnate Viggiú e sforzando al massimo la vista anche l'inizio di via Roma dove all'uscita del negozio della Battagliola 23 robot tra cui lo stesso Tv Robot marciavano verso il comune per conquistare tutto il potere che dei piccoli robot sono in grado di concepire prima di dominare l'intero pianeta nel quale con i robot giocattolo viviamo. Nessuno degli adulti del mio paese li vedeva perché erano piccoli al bordo della strada in fila indiana. Oppure li vedevano, gli adulti, ma pensavano che non era vero che erano lí a marciare in fila indiana perché gli adulti sono come dei r

Superman e il fuoco di Sant'Antonio

Lucio Dalla cantava una canzone che mi veniva in mente ogni volta che mia nonna mi portava da una vecchia che le curava la sciatica con delle erbe che tantissimi anni fa tutte le persone che esistevano quando non c'erano ancora i paesi e le stradine inclinate ma soltanto le erbe che guariscono disseminate nel mondo che nasce tutti adoperavano.

La vecchia da cui mi portava mia nonna era orribile e parlava con una voce che non era umana, io pensavo che era un cavallo travestito da vecchia che guarisce, o uno gnomo gigantesco travestito da vecchia che sembra un cavallo in un cortile in fondo a via Forchette.

La vecchia prendeva un barattolo di Nutella truccato con una cosa verde che sapeva di rosmarino e lo dava a mia nonna. La vecchia metteva dell'acqua a bollire e quando l'acqua era bollente ne rovesciava un po' sopra un pezzo di straccio bianco e diceva delle parole in un dialetto.

Mia nonna si toglieva il maglione e la vecchia le spalmava la cosa verde che c'era dentro il barattolo sulla schiena, quando l'aveva spalmata tutta ci metteva sopra lo straccio bagnato e mia nonna diceva fa un po' male.

Io stavo seduto in un angolo buio vicino a una pila di giornali quotidiani che odoravano di muffa e pensavo a Superman che senza smettere mai il suo lavoro era lontano dalle case piú povere di Viggiú volando ininterrottamente nel cielo migliorava le città e tutto questo Lucio Dalla lo sapeva.

Alla fine della guarigione mia nonna si rivestiva e lei e la vecchia parlavano un poco di quando molti anni prima c'era la guerra e tutte e due baciavano delle foto di santini come ad esempio quello di Santa Lucia che aveva perso gli occhi ma poi le erano spuntati di nuovo usando le erbe e parlavano anche di un altro santo che migliaia di anni fa lo avevano legato a un palo e riempito di frecce ma, grazie a delle creme di erbe come quella che possedeva la vecchia, il santo era guarito e era cosí la sua vita.

Dopo quell'incidente il santo non aveva piú ferite, sentendosi bene ha fatto parecchi miracoli come insegna il vangelo.

Durante tutti questi racconti di guarigioni dei santi e di mia nonna mi isolavo completamente pensavo alla differenza tra i santi e Superman e perché Superman si chiama anche Nembo Kid, perché Lucio Dalla lo chiama cosí, e quando incominciava la trasmissione.

Mia nonna e la donna delle erbe erano in un mondo loro molto piú antico del mio non si accorgevano che ero lí a pensare a quelle cose, mia nonna diceva che adesso tutti prendono le medicine e non riescono a guarire ed è per questo che muoiono, perché non usano le erbe che usavano nei campi quando tantissimi anni fa c'era la Seconda guerra mondiale o ancora prima, quando i santi andavano a prendersi le erbe per guarirsi da soli dalle frecce che gli antichi romani gli avevano tirato addosso per fermare la religione che incominciava a migliorare la qualità della Terra e il significato della vita di mia nonna.

Ugualmente anche ho pensato quando nello spazio si ferisce da solo se hanno ragione mia nonna e la vecchia cavallo Superman si mette delle erbe che gli consentono un controllo delle città del mondo senza la sciatica o il fuoco di Sant'Antonio.

La figurina

Dei ragazzi che nel 1975 avevano quindici anni mi raccontavano che quando loro erano piccoli le figurine erano meno moderne e bisognava ritagliarle da un foglio e attaccarle sull'album con la Coccoina. Quelle figurine con il passare del tempo non le ha volute piú nessuno e sono sparite.

Nel 1976 le figurine piú di moda erano quelle del campionato, degli animali e delle avventure del Far West. Delle figurine che c'erano erano anche quelle delle gomme da masticare ma non c'era l'album dove si potevano attaccare e avevano tutte scritto sotto riprova sarai piú fortunato.

Un giorno un bambino che si chiamava Catò Enrico ha comperato un pacchetto di figurine del campionato e ne ha trovata una con la sua faccia ed è morto.

Le ossa

Un giorno il maestro ci ha detto che nella vita ogni cosa si trasforma, ad esempio le ossa degli uomini o degli animali diventano elastiche a seconda del barattolo in cui le metti. Noi eravamo stupefatti e il giorno dopo il maestro ha portato un barattolo pieno di liquido puzzolente e un osso di pollo da cui aveva staccato tutta la carne. Era seduto sulla cattedra e ci faceva vedere l'osso del pollo e il barattolo. Io avevo sentito alla televisione che la mafia aveva fatto un esperimento come quello del nostro maestro ma al posto del pollo c'era una persona e al posto del barattolo una vasca da bagno. La vasca da bagno della mafia era piena di una cosa come quella del barattolo del maestro e la persona quando ci è entrata è diventata tutta molle e alla fine è sparita del tutto, i mafiosi hanno buttato via l'acqua e lo hanno detto al telegiornale.

Il maestro parlava agitava l'osso per aria e diceva che le ossa contengono una sostanza che si chiama calcio che piú invecchi piú sparisce e quando ce n'è poca le ossa si rompono e i vecchi cadono dalle scale morendo. Poi ha continuato a parlare della vita, ha detto che i morti sono morti loro ma il loro corpo è vivo perché un sacco di animaletti gli entrano dentro e lo trasformano in cose che diventano utili alla terra e cosí pezzettino dopo pezzettino diventano degli alberi che a loro volta quando muoiono degli animaletti li fanno diventare altri alberi e cosí via, fino a che non ci sono altro che alberi.

Anche gli alberi se li metti dentro un barattolone di liquido puzzolente diventano elastici, e se li lasci lí dentro tutto il giorno si sciolgono, e non ci sono piú.

Quella volta che Pelè è uscito dal mio disco bianco,
e si è nascosto in cucina, ma mia madre diceva di no,
diceva che io ero ipnotizzato!

In degli anni, nelle edicole dei paesi, c'erano giornali che regalavano dei dischi molli.

Ad esempio, la Nuova Enigmistica Tascabile aveva un disco molle avvolto nel cellophane del giornale.

Da un lato del disco c'era la canzone, dall'altro il disco era lucido come un mobile della cucina dei miei vicini di casa, i Mardelli.

Il materiale di cui erano fatti i mobili della cucina dei miei vicini di casa, i Mardelli, era la fòrmica.

Io per sentire quei dischi li mettevi sul giradischi, e sopra la puntina del giradischi appoggiavi una moneta da cento lire se non cadeva.

Quando la puntina si riempiva di polvere la musica usciva dagli strumenti come in una tempesta di neve, sentivi il complesso che cantava sulle montagne, nascosti in mezzo agli abeti c'erano i gruppi.

Ad esempio io una volta ho sentito Mina che cantava nel mio giradischi una canzone in mezzo alla tormenta russa la bufera. Mina, era nascosta in mezzo agli abeti. Poi ho pulito la puntina e Mina è uscita dagli abeti.

In ogni disco dopo due o tre volte si sentivano dei piccoli spari, e io pensavo che erano gli spiriti di tutti i dischi belli non comperati che si vendicavano, come ad esempio certi quarantacinque giri di Renato Zero, che all'inizio non erano molto famosi, tirando delle rivoltellate dalla musica. I dischi si conoscono tutti tra di loro e tutti vogliono essere comperati dalle persone che con questa frenesia non ne possono piú fare a meno.

Nei dischi di quegli anni, si sentiva il rumore di un uomo che in sottofondo alla musica camminava venendo da lontano.

Veniva e controllava come era fatta la casa della canzone da cui era uscito, com'erano i mobili.

E quando in un disco c'era un graffio la puntina ci entrava dentro e la canzone spiegava il graffio con il suo rumore. Tutti nei propri dischi avevano graffi diversi e nessuno ascoltava la stessa canzone nello stesso modo perché ognuno era proprietario dei graffi suoi.

E quando i dischi erano graffiati troppo il disco si incantava, e molto spesso gli abitanti di Viggiú che ascoltavano un disco incantato rimanevano ipnotizzati, avevano gli occhi senza pupille e andavano a comperare il pane muovendosi in modo automatico fino a che in Italia non mancava la luce e il disco smetteva di suonare e loro smettevano di comperare il pane.

A Viggiú, nel 1973, durante i dischi incantati sono state comperate 46 tonnellate di pane.

Inoltre nel mio paese per un certo periodo si erano rotte le campane e il parroco aveva messo al posto di esse il giradischi dell'oratorio amplificato ma anche quello funzionava abbastanza male e spesso si sentivano a mezzogiorno le campane incantate e le persone le sentivano andavano a comperare il pane fino a che il parroco non se ne accorgeva e alzava la puntina.

Questo fino a che nel mio paese le cassette Basf nere, da mettere in un registratore che le conteneva, non sono arrivate. Al registratore erano acclusi il tasto per fare andare le cassette a velocità normale, per farle tornare indietro o per farle andare avanti veloce.

Spesso, il nastro usciva e bisognava rimetterlo dentro facendo girare una penna dentro la cassetta. Se il nastro si rompeva lo si poteva aggiustare con un piccolissimo pezzo di scotch o anche spalmando sulle due estremità del nastro che si era rotto lo smalto per le unghie.

Con quelle cassette, si potevano registrare le voci dei parenti o di qualcuno che urlava per strada, le canzoni alla radio, le puntate di un telefilm alle televisione (dei pezzi o intere), le canzoni del giradischi o addirittura le voci dei morti sui canali della radio dove non c'era nessuna trasmissione.

Una signora aveva pubblicato un libro dove diceva che alla radio, girando girando, aveva sentito la voce di sua figlia morta, e con una cassetta l'aveva registrata, e girando girando aveva sentito le voci di diversi altri morti e le registrava per mestiere, fino a che ha pubblicato quel libro con la cassetta allegata.

Una volta di notte girando girando alla radio ho trovato un canale dei morti e mi sono spaventato, sono uscito dalla camera e non li volevo ascoltare.

Poi in sala da pranzo era buio c'era la luce della luna e mi sono fatto coraggio sono tornato davanti alla radio ho ascoltato meglio e ho capito che erano delle vecchiette che dicevano il rosario su Radio Maria, ma erano ancora vive anche se io alla radio ero abituato a ascoltare le canzoni e non le ave maria ripetute in continuazione, avevo la paura di sentire troppo l'oltretomba.

E a un certo punto sono arrivate anche delle cassette grandi dieci volte una cassetta normale, e si chiamavano Stereo 8.

Contenevano canzoni di ogni tipo ma nessuno le comprava e cosí sono arrivate e subito sono sparite.

Le cassette insieme alle canzoni che contenevano.

Esiste un posto dove le cassette Stereo 8 piangono e chiedono di esistere ancora un poco, ma di quel posto non gliene frega niente a nessuno e neanche a me.

Cosí, al centro del modo di ascoltare la musica in quegli anni restavano sempre i dischi che erano a 33 o a 45 giri, e alcuni prodotti regalavano un disco a 45 giri con la canzone del prodotto, o i grandi successi dello Zecchino d'oro come ad esempio *Sette cani brontoloni* era in regalo con i Biscotti Colussi.

Nessun prodotto regalava dei dischi con un 33 giri.

I dischi a 45 giri troppo rovinati si potevano usare anche da lanciare fuori dal balcone sui tetti delle altre case, andavano veloci nell'aria fino a che non incontravano un tetto e si spaccavano, oppure se prendevano un gatto lo tagliavano in due, e ogni pezzo del gatto insanguinato finiva da una parte miagolando contro i camini che non si aspettava di morire cosí, ucciso da un disco a 45 giri.

In quegli anni, c'erano i dischi a 45 giri bianchi.

I 45 giri bianchi sembravano fatti delle scatole triangolari del latte e avevano uno strano odore di panificio incendiato.

Un gioco per i bambini di quegli anni era acquistare una scatola con un prisma di plastica da incastrare nel centro del giradischi.

Nella scatola insieme al prisma da incastrare c'erano dei dischi bianchi con tante immagini quasi tutte uguali che riflesse sul prisma in movimento raccontavano una storia molto breve, tra cui una era quella di Pelè che gioca a pallone.

La canzone del disco si chiamava Pelè, raccontava la vita di Pelè e nel centro del disco si poteva vedere il cartone animato di Pelè che si allenava nel prisma.

Quel cartone animato durava un secondo e mezzo, poi si ripeteva fino alla fine del disco e durante tutta la canzone Pelè, sul prisma, si allenava nello stesso identico modo.

Un giorno quel disco si è incantato e io invece di andare a comperare il pane ipnotizzato come gli altri abitanti di Viggiú ho fissato l'immagine di Pelé che dopo qualche minuto è uscito dal disco e è andato a palleggiare sotto il letto.

Io l'ho seguito con lo sguardo e mi sono inchinato per terra a guardare il suo comportamento.

Pelè palleggiando ha attraversato il pavimento che c'era sotto il letto di corsa e sempre palleggiando è andato verso la cucina.

Io muovendomi come un robot l'ho seguito a quattro zampe verso la cucina fino a che sono andato addosso a mia madre che preparava i sofficini per la cena.

Mia madre mi ha chiesto cosa stavo facendo per terra e io le ho detto che c'era Pelè che palleggiava, che era uscito dal disco con la palla, che palleggiava.

Mia madre ha detto di no, che ero ipnotizzato, ha spento il giradischi e ha detto Non c'è nessun Pelè, è il disco che ti ha incantato!

La settimana dopo a un certo punto eravamo in sala da pranzo a mangiare quando si è sentito odore di piccolo giocatore morto.

Mio padre ha controllato sotto il mobile della televisione e c'era Pelé morto piccolo abbracciato al suo pallone fatto di cartoni animati impossibili aveva una smorfia amara sulla faccia, mio padre lo ha buttato nella spazzatura mia madre ha detto povero Pelé ma la sera mia madre mio padre si sono dimenticati di tutto perché era una storia da bambini ed essi ormai avevano piú di venticinque anni a testa.

Una bambina nascosta sulle scale

Alcune estati in casa della signora Maria c'era una bambina gigante.

La signora Maria aveva un giornale che si chiamava Cronaca Vera. Sul quel giornale c'erano i fatti.

Un fatto di Cronaca Vera era che un signore era morto. Dopo due giorni che lo avevano seppellito bussava nella bara perché voleva bere il vino. Il guardiano del cimitero lo ha sentito e lo ha tirato fuori dalla tomba e il signore era arrabbiato perché lo avevano seppellito ma lui era vivo e non si è calmato fino a che il guardiano gli ha dato un bicchiere di vino e tutta l'Italia ne ha parlato.

Un'altra cosa che era successa su Cronaca Vera era un operaio della Simmenthal che mentre lavorava gli è scappato il dito dentro la macchina e con molto dolore gli si è maciullato tutto.

Cosí è rimasto amputato ma per fortuna sei mesi dopo ha comperato una scatoletta di Simmenthal e dentro c'era il dito che l'operaio aveva perduto e glielo hanno riattaccato e tutta la famiglia faceva festa.

La bambina gigante non usciva mai di casa.

Altre avventure che la signora Maria mi raccontava era che su Cronaca Vera c'era scritto di un uomo che tutti lo avevano dimenticato e da quarant'anni viveva dietro un cortile e abbaiava.

La bambina gigante era la nipote della signora Maria.

Io non credevo a tutte le cose che la signora Maria mi faceva vedere su Cronaca Vera ma lei aveva anche un libro sugli egiziani dove spiegavano che tanti anni fa quando moriva un faraone lo imbalsamavano e lo facevano diventare una mummia che esiste anche adesso. La signora Maria mi chiedeva se credevo alle mummie, e diceva che se credevo alle mummie dovevo credere anche a Cronaca Vera.

Io alle mummie ci credevo, e anche alle storie di Cronaca Vera. D'estate non andavo mai a trovarla, la signora Maria, perché c'era la bambina gigante, e cosí non sapevo nessuna storia di Cronaca Vera come ad esempio quella di una ragazza che aveva undici anni e non sapeva guidare la macchina ma lei l'ha presa lo stesso per andare a trovare sua madre all'ospedale e prima che facesse un incidente è apparso San Pietro che l'ha fatta spostare e ha guidato lui fino all'ospedale dove la bambina e la mamma si sono riabbracciate.

Solo una volta ho incontrato la bambina gigante sulle scale. Era all'ombra e si nascondeva.

Si capiva che era una bambina che non voleva essere amica di nessuno, e stava sempre chiusa in casa.

Una volta un marito era impazzito.

Aveva rotto sulla testa della moglie un servizio di piatti che le aveva regalato il fratello perché non lo voleva. Non gli piacevano i disegni che c'erano disegnati sui piatti. Per questo glieli aveva spaccati in testa e lo avevano messo a urlare in manicomio dove stava chiuso e nessuno lo andava mai a trovare. Un giorno la settimana prima di natale ho chiesto alla signora Maria chi era quella bambina gigante che d'estate c'era in casa sua, ma lei non me lo ha voluto dire, e mi ha promesso che mi raccontava ancora degli egiziani. Sul suo libro c'era anche la storia di Mosè e di un bambino che per non essere ammazzato lo avevano fasciato e messo nel fiume, dove dopo si è salvato, e l'attraversamento del Mar Rosso e altre cose che la signora Maria mi diceva.

Io quando ho visto la bambina gigante mi sono messo paura e ho gridato sei un mostro.

Lei era alta due volte piú di una bambina normale, e si è messa a piangere e è scappata dentro la casa della signora Maria.

Dopo due anni è morta.

La signora Maria non mi ha detto niente ma io lo sapevo perché non veniva piú d'estate la bambina gigante e la immaginavo nascosta in un posto lontano, piangeva e chiedeva a tutti scusa che un giorno era nata.

Ping

All'inizio del tennis non c'erano famosi giocatori in carne e ossa come Adriano Panatta e Corrado Barazzuti, e neanche le palline gialle e i campi in terra rossa battuta non c'erano ancora e non c'era nulla che riguardasse il tennis o soltanto piú esattamente c'erano dei cavi da collegare alla televisione primordiale attraverso i quali il tennis a un certo punto evolvendo sarebbe diventato uno sport che in Italia ha avuto il momento di massimo riconoscimento alla fine degli anni Settanta, quando Panatta ha vinto gli internazionali di Francia e Borg e McEnroe e Connors erano noti come i giocatori di calcio della serie A.

Panatta, pur essendo un tennista, fumava moltissime sigarette.

Ugualmente al tennis e alla sua evoluzione anche all'inizio della vita sulla Terra non c'erano animali non c'erano piante non c'era l'ossigeno ma si formavano molecole di carbonio che si mettevano assieme e diventavano delle gocce di acido nucleico e proteine.

All'inizio del tennis non c'erano sedie per gli arbitri non c'erano racchette di legno e non c'erano racchette in fibra di vetro. All'inizio del tennis c'era una scatola che conteneva un giocattolo appena inventato dal padre di Dio.

E all'inizio della vita sulla Terra anche in assenza di ossigeno si moltiplicavano i microbi che evolvendo le loro reazioni metaboliche ogni venti minuti si duplicavano dando origine a quattro miliardi di cellule in dieci ore.

All'inizio del tennis italiano mio padre ha portato a casa una scatola.

Sulla scatola c'era una famiglia felice che guardava un padre che portava in casa una scatola esattamente come quella che mio padre portava in casa mia.

Era il 1975 e nessuno a Viggiú sapeva che esisteva Wimbledon.

Era prima che i Mammoli costruissero i campi da tennis, prima che l'Italia vincesse gli internazionali d'Italia, prima che Borg si sposasse con Loredana Berté fermando i taxi a Milano per andare in Svezia in macchina.

Dentro la scatola di cartone che mio padre aveva portato a casa quella sera c'era una scatola di metallo da attaccare alla televisione girandola per cercare dove attaccare il filo. Girando la televisione si metteva al posto dell'antenna il filo della scatola di metallo.

L'inizio del tennis italiano era uno schermo nero diviso in due e c'erano ai lati due rettangoli bianchi che salivano e scendevano a seconda di come li muovevi non stavano fermi, ogni volta che salivano e scendevano colpivano un quadrato bianco o non lo colpivano e genitori e figli erano rettangoli che si scontravano davanti alla tele con l'antenna staccata. Tu avevi in mano un volante nero dentro una scatola piú piccola collegato alla scatola di metallo e muovevi avanti e indietro il rettangolo bianco e tuo padre ugualmente muoveva quell'altro per vincere lui, per fare punteggio.

Tutto questo si chiamava Ping e era la preistoria dei videogiochi e la preistoria del tennis come negli anni a seguire lo avremmo tifato durante le affermazioni della nazionale italiana di coppa Davis.

Ogni volta che i bastoncini bianchi delle televisione colpivano il quadratino si sentiva un rumore uguale a quello dell'Allegro Chirurgo quando gli si accendeva il naso che anticipava in modo rozzo il rumore delle palline vere nei tornei di tennis che ci sarebbero stati evolvendo.

Cosí il tennis degli uomini reali è incominciato dalla proliferazione incontrollata nei tubi catodici dei bastoncini di Ping che nel segreto delle televisioni spente assorbivano programmi si gonfiavano di trasmissioni dove le persone parlano o vincono dei premi e si riempivano di slogan pubblicitari e cosí fradici di Carosello si approssimavano a diventare reali come la vita sulla Terra e gli animali e le città che da millenni ormai ci sono e spariranno.

Sette rettangoli grigi

Quando nel 1977 mia nonna si è resa conto che in casa c'erano troppe scatolette elettroniche per lei per la sua vita per tutto quello che aveva fatto da quando nel 1898 era nata era tardi per capire a cosa servissero e per noi era moderno guardarla mentre cercava di cambiare canale della televisione con il calcolatore al quarzo che mio padre ci aveva regalato. Noi eravamo piú giovani di lei di sessant'anni e guardavamo i numeri verdi con gli angoli tagliati nell'abisso nero dello sfondo da cui arrivavano digitati e sapevamo domarli senza l'orrore di un mondo nuovo, schiacciando i tasti di colore rosso si facevano le operazioni.

E se tu schiacciavi il bottone rosso con scritto sette e subito dopo il bottone rosso con scritto piú e di seguito il bottone rosso con scritto cinque sul display apparivano verdi il numero uno e il numero tre a formare la cifra tredici.

Nell'oscurità del calcolatore elettronico spento scoprivamo che nel silenzio delle operazioni ogni spazio in cui i numeri sarebbero apparsi facendo i calcoli era occupato dal buio numero otto che era fatto di sette rettangoli grigi uno alla base due ai lati in basso uno in mezzo due ai lati in mezzo due ai lati in alto uno sopra come nel disegno di una caffettiera fatta da un bambino piccolo.

Il calcolatore elettronico faceva le moltiplicazioni le sottrazioni le moltiplicazioni le divisioni le radici quadrate le potenze, si poteva mettere la virgola tra un numero e l'altro o fare i numeri a caso guardarlo quando le pile erano quasi completamente scariche i numeri erano dei miraggi che comparivano a caso fino a scomparire del tutto nel buio immateriale degli otto senza verde.

Gli otto senza verde una notte li ho sognati erano delle persone che in un mondo di luci al neon avevano finito la vita e rimanevano immobili a aspettarne un'altra se qualcuno gli avesse messo le pile o mai piú.

Quando andavi in autostrada di notte nel 1977 vedevi di lontano le luci al neon degli autogrill che adesso nel calcolatore elettronico entravano nei cassetti delle case di Viggiú accesi o spenti a formare il numero uno il numero due il numero tre il numero quattro il numero cinque il numero sei il numero sette il numero otto il numero nove il numero zero nelle sequenze digitate.

Nel buio del calcolatore spento i numeri erano scomposti nel laboratorio elettronico dell'interno della scatoletta priva di calcoli non apparivano sul display come tanti rettangoli verdi senza vita si accatastavano in un angolo del meccanismo della matematica riposavano lontano dalla luce di cui erano fatti quando qualcuno accendendoli li guardava usandoli per scuola o per le tasse.

Ugualmente ai calcolatori con le pile scariche mia nonna stava incominciando a dare i numeri a caso si accendeva e si spegneva non era affidabile per le operazioni che un calcolatore deve svolgere rispondeva ai problemi a tratti in modo sbagliato a tratti in modo giusto, incominciava giusto e dopo si spegneva e all'improvviso era accesa e alla fine è morta mia nonna è scomparsa dalla Terra come i primi calcolatori con i tasti rossi che avevamo comperato negli anni Settanta nessuno se ne ricorda piú è scomparsa anche lei nel buio immateriale degli otto senza verde.

L'invenzione della televisione a colori

In alcuni negozi di Viggiú e di altri paesi della Terra la televisione a colori è stata inventata prima che negli altri posti grazie a un pratico pannello antiurto da applicare allo schermo della televisione in bianco e nero.

Il pannello era verde o blu o rosso e costava tremila lire.

Una volta messo al suo posto se la televisione era accesa i programmi non si vedevano piú in bianco e nero ma in verde e nero, in blu e nero, in rosso e nero.

La gente non era molto felice dei risultati di quel prodotto e lo hanno tutti buttato via in attesa che la televisione diventasse a colori davvero.

A un certo punto la televisione è diventata a colori.

Hanno detto alle tele che incominciavano le trasmissioni sperimentali con al posto del bianco e nero tutti quanti i colori.

Nei discorsi di annunciazione di questo cambiamento non era chiaro il fatto che i colori sarebbero arrivati solo nelle case di chi aveva acquistato un televisore a colori e non nei televisori di tutti.

Tutti i possessori di televisori normali contavano su questo equivoco per potere finalmente vedere tutti i colori alla tele, e tra questi possessori c'era la mia famiglia. Ci siamo seduti davanti alla televisioni in bianco e nero aspettando che arrivavano il giallo, il viola, il blu, il rosso.

Mia nonna mio padre mia madre io e mio fratello guardavamo bene lo schermo per capire il momento esatto in cui arrivavano i colori. Le ore passavano e però era tutto in bianco e nero come prima. La luce che usciva dalla tele era sempre azzurrina e io ho guardato fuori da casa mia le altre case e anche da tutte le altre case usciva la luce azzurrina dei programmi in bianco e nero.

A un certo punto mia nonna si è messa a gridare era tutta felice perché in un punto della cravatta del presentatore si vedeva del rosso. Tutti abbiamo guardato quel punto che mia nonna indicava ma nessuno di noi riusciva a capire che quel punto era rosso. Mia nonna si arrabbiava e diceva guardate guardate quel punto come è rosso. A me a un certo punto era sembrato di vedere che quel punto era rosso ma appena mi sono concentrato per vedere quel colore c'è stata la sigla della pubblicità in bianco e nero e abbiamo tutti visto dei bambini che erano felici perché avevano il loro formaggino. Guardando profondamente quei bambini e il formaggino che gli dava la mamma si capiva che il formaggino la mamma e i bambini erano in bianco e nero. Allora mia nonna si è messa a dire che se guardavamo bene si vedeva che il formaggino era giallo sulla punta. Tutti abbiamo guardato la punta del formaggino ma nessuno a parte mia nonna era in grado di vedere che quel formaggino era giallo.

Mia nonna era molto arrabbiata e diceva che noi non eravamo in grado di capire la televisione a colori nel momento in cui incominciava.

Dopo la pubblicità del formaggino è incominciato il telegiornale dove hanno detto ancora una volta che le trasmissioni diventavano a colori. Mia nonna si era addormentata sulla sedia e mio padre l'ha portata a letto. Noi altri tutti continuavamo a guardare le tele e fino alle tre l'abbiamo guardata fino a quando l'uno dopo l'altro ci siamo addormentati davanti alla televisione accesa molto delusi.

Alla fine di Diabolik

Diabolik amava Eva Kant e riuscivano sempre a sfuggire alle insidie di Ginko. Alla fine di ogni avventura Diabolik e Eva si baciavano.

Eva diceva ti amo Diabolik, amo i tuoi occhi di ghiaccio.

Diabolik l'abbracciavo le dava un bacio e sotto c'era scritto fine.

Alla fine di Diabolik nella prima metà degli Anni Settanta c'era sempre una pagina pubblicitaria con gli articoli piú incredibili.

C'erano gli occhiali a raggi X per vedere le donne nude.

C'erano i telescopi da muro per vedere i vicini di casa che facevano l'amore attraverso il muro.

C'era la crema del dottor Alto per diventare piú alti di venti centimetri.

C'erano i saponi che usandoli piano piano diventavano delle donne nude.

C'erano degli antifurti portatili che emettevano delle frequenze che facevano impazzire i ladri.

C'erano gli occhiali con i baffi finti per ridere.

C'erano le pistole a aria compressa che sembravano revolver veri americani.

C'erano le carte da gioco pornografiche.

C'erano i portaceneri a forma di water per divertire gli amici.

C'erano i tappetini di finto pelo umano da applicare al petto per piacere di piú alle donne.

C'erano i libri che spiegavano tutto sul sesso.

C'erano i libri che dicevano come si diventa un vero 007.

C'erano i libri di magia bianca e magia nera.

C'erano le creme per sviluppare la virilità.

C'erano le puntine di polvere da sparo da mettere nelle sigarette per farle esplodere.

C'erano gli attrezzi per sviluppare i muscoli dell'addome.

C'erano gli attrezzi per sviluppare i muscoli degli avambracci.

C'erano gli attrezzi per sviluppare i muscoli della mano.

C'erano le creme per tonificare i muscoli.

C'erano i coltelli come il coltello di Diabolik.

C'erano le candele magiche per avere vita propizia.

C'erano le radiotrasmittenti per trasmettere ogni tipo di segreto.

C'erano i binocoli per vedere al cinema meglio di tutti.

C'erano le penne che all'interno avevano una minuscola radio che captava le conversazioni di chiunque nel raggio di mezzo chilometro.

Inoltre, c'erano le scimmie di mare.

Le scimmie di mare erano un sacchettino trasparente di sale verde, o almeno sembrava sale verde. In verità erano uova di scimmie di mare che, da adulte, diventavano alte un centimetro.

Per farle diventare adulte, bisognava mettere le uova dentro una boccia di vetro piena di acqua, e aspettare la notte.

La notte, le scimmie di mare uscivano, e avevano tutte la faccia povera, la faccia uguale alla faccia di Marzioli.

La villa dei Mammoli

I Mammoli erano dei ricchi che avevano una villa disabitata.

I ricchi venivano da Milano o da altri paesi come Abbiategrasso, avevano la casa là e una casa a Viggiú abbandonata.

I Mammoli a Viggiú ci venivano quando gli abitanti del paese dormivano. Accendevano le luci giocavano a tennis nel loro parco privato con le luci che poi rimaneva accese sempre attraverso gli anni. Giocavano piano per non svegliare nessuna delle persone che non lavoravano e all'alba se ne andavano in diversi paesi del mondo che nessuno di noi aveva mai visto e non tornavano piú. Gli abitanti di Viggiú lo sapevano e spesso i bambini quando erano svegli superavano la rete di recinzione dell'inizio della villa dei Mammoli per poi salire tutta la strada e arrivare fino alla cima della villa loro, con il campo da tennis e una casa per i nani. Noi dalla casa dei nani capivamo la ricchezza perché a Viggiú negli anni Settanta la maggior parte delle persone venivano da tutta Italia per trovare lavoro in Svizzera che era lí vicino e produceva cioccolati che gli italiani facevano e spedivano in pacchi in Sicilia. A Viggiú la maggior parte delle persone non abitava in una casa normale ma ad esempio in una grotta o in dieci persone in un appartamento dove c'era la musica di Milva su una radio appoggiata alla finestra e entravano e uscivano in continuazione dalla casa e nascevano sempre bambini che correvano per le scale.

Un mio amico si chiamava Marzioli e suo padre era sempre a lavorare.

Marzioli e sua madre invece vivevano in una grotta truccata da casa nella quale c'era un tavolo una televisione e un letto.

Dentro la grotta pioveva e non c'era la tappezzeria bensí delle macchie puzzolenti con la faccia della madonna ritagliata da Famiglia Cristiana sopra bagnata.

In cima alla la televisione di Marzioli c'erano le macchinine dentro la plastica della confezione perché Marzioli suo padre le macchinine gliele regalava per metterle lí, cosí non si rovinavano e se venivano degli ospiti vedevano che la famiglia Marzioli possedeva delle macchinine nuove in ottimo stato pronte da usare.

Gli ospiti non andavano mai a casa di Marzioli ma una volta ci sono andato io e Marzioli mi ha detto che quelle macchinine erano le ultime che suo padre gli aveva mandato, le altre le aveva giocate fino a consumarle tutte e erano finite, adesso era stufo di giocarci con le macchinine e quando gli ritornava voglia apriva quelle sopra la televisione ma ancora non aveva voglia ma io sapevo che quelle macchinine erano le sole che aveva e non ci aveva mai giocato e non consumava niente.

A pranzo Marzioli e sua madre mangiavano un uovo e a sera un altro uovo.

A scuola Marzioli portava per merenda un uovo anche se la maggior parte di noi avevamo il cioccolato Carrarmato con dentro la scatola i libricini delle guerre d'indipendenza di un colore e delle guerre che c'erano state ancora prima della guerra d'indipendenza. I Carrarmati erano solo al cioccolato al latte oppure al cioccolato al latte con anche i pezzettini di nocciola. C'erano anche i Carrarmati al cioccolato al latte con dentro il succo di ciliegia ma non erano buoni e nessuno li portava a scuola nessuno quando li vedeva sul Corriere dei Ragazzi li desiderava. Marzioli, diceva che il Carrarmato non gli piaceva e a scuola si portava l'uovo.

Per cui un giorno con Marzioli verso le tre del pomeriggio siamo andati nella villa dei Mammoli e abbiamo giocato a tennis senza racchette perché non le avevamo. Per fortuna perché se per esempio Marzioli aveva la racchetta da Tennis suo padre gliela faceva tenere dentro la plastica e la metteva sopra la televisione e anche le palline sopra la televisione dentro il tubo chiuse con il prezzo sopra. Ma c'era tanta luce e imitavamo Borg che essendo bravissimo avrebbe vinto anche un torneo dei Mammoli senza racchetta senza bisogno di comperare le palline per battere il servizio e fare tutte le altre cose dei tennisti normali. Inoltre c'erano le luci accese e sembrava di essere in televisione e Marzioli in mezzo al campo guardando le luci salutava suo padre che lo guardava dalla fabbrica dove lavorava in Belgio.

Inoltre i Mammoli avevano una casetta per i nani in terracotta molto piú bella della grotta bestiale dove viveva Marzioli e io gli dicevo che era giusto cosí perché loro erano dei nani colorati in terracotta lui un povero di carne. Marzioli diceva che quando suo padre tornava dal Belgio gli chiedeva perché con sua mamma invece di fare lui non avevano fatto un nano di terracotta colorato cosí lo vendevano ai Mammoli lui era Marzioli era un nano colorato nella villa dei Mammoli e suo padre si comprava una casa normale in un'altra zona del paese.

Cosa era il comunismo

Giovanni era un uomo con la pipa che stava seduto nel cortile di casa mia. Diceva sempre che un giorno sarebbe arrivato il comunismo. Io avevo quattro anni e una sera gli ho chiesto cosa era il comunismo. Giovanni mi ha detto che in Russia c'erano dei carri armati, che prima o poi partivano venivano a portare la libertà a Viggiú.

Io ho chiesto a Giovanni cosa era la libertà.

Giovanni mi ha detto che era mandare via quelli che non la volevano, o ucciderli.

Allora facendo finta di essere in moto sono andato da mia nonna e le ho chiesto quando arrivavano i carri armati dalla Russia.

Mia nonna mi ha chiesto chi me lo aveva detto.

Io le ho detto che me lo aveva detto Giovanni, e mia nonna mi ha risposto che non dovevo ascoltare Giovanni perché era comunista.

Io le ho chiesto perché non dovevo ascoltare Giovanni perché era comunista.

Mia nonna ha detto perché sono quelli che vogliono fare venire i carri armati dalla Russia.

Allora le ho detto che sí era vero, che i carri armati aveva detto Giovanni venivano ma lo facevano per portare la libertà, e mia nonna ha detto che i carri armati uccidono le persone e io le ho detto che Giovanni mi aveva detto che al limite uccidevano solo quelli che non volevano la libertà, e mia nonna mi ha detto di andare via perché doveva fare la polenta con il gorgonzola e dire il rosario.

Allora facendo finta di essere un aliante che avevo visto sulla Svizzera ho sceso di corsa le scale di corsa e sono andato da Giovanni gli ho detto che avevo parlato con mia nonna e che mia nonna diceva che non dovevo parlare con lui perché era comunista e voleva fare venire i carri armati dalla Russia per uccidere quelli che non volevano la libertà. Giovanni ha riso e ha detto che i carri armati non era lui a dire che sarebbero arrivati, perché quelli sarebbero arrivati comunque, prima o poi li mandava Baffone, e allora avrebbero tagliato via la testa di mia nonna.

Io mi sono spaventato e facendo finta di essere un Nautilus sono andato di corsa da mia nonna e le ho detto che Giovanni aveva detto che i carri armati tra poco sarebbero arrivati e le avrebbero tagliato via la testa. Mia nonna stava fondendo i pezzetti di gorgonzola nel pentolino e si è arrabbiata e ha detto che avevo parlato ancora con Giovanni anche se mi aveva detto di non farlo, e che Giovanni la odiava perché era democristiana.

Allora ho chiesto a mia nonna cosa vuol dire democristiana, e lei ha detto che democristiano è quando un politico vuole la libertà, e fa quello che vuole Dio mentre i comunisti non vanno a messa sputano sono fatti cosí come Giovanni.

Io come guidando una Simca 1000 sono tornato in cortile da Giovanni e gli ho detto come mai voleva tagliare la testa a mia nonna, se era perché era democristiana, e che anche i democristiani vogliono la libertà, ma in piú vanno a messa, mentre i comunisti no, pensano ai carri armati che arrivano e non fanno quello che vuole Dio.

Allora Giovanni mi ha detto che Dio non esiste, perché Dio lo hanno inventato le persone piú ricche per fregare i poveri, e per questo tra poco arrivavano i carri armati dalla Russia.

Io gli ho detto che secondo me no, che Dio esisteva, e che una volta che non ero andato a messa mio padre mi aveva preso a calci in culo.

Giovanni ha detto che un giorno sarebbe arrivata tipo la rivoluzione proletaria, ha detto, e tutte le chiese sarebbero state distrutte, cosí se non andavo in chiesa mio padre non poteva piú prendermi a calci, perché le chiese non c'erano piú e non si può andare nei posti che non ci sono nemmeno a calci.

Allora io sono tornato da mia nonna che era seduta a mangiare la polenta con il telegiornale acceso le ho detto che tanto un giorno sarebbe arrivata la rivoluzione proletaria e cosí se non andavo a messa nessuno poteva prendermi a calci e mia nonna si è alzata di scatto mi ha preso e mi ha buttato fuori di casa.

Allora correndo come se ero in Vespa sono andato di nuovo in cortile da Giovanni e con il fiatone gli ho chiesto se era vero che Dio non esisteva e lui ha detto di sí, che non esisteva, e poi gli ho chiesto se non esistevano neanche i santi, e Giovanni ha detto che sí, non esistono neanche i santi.

A quel punto gli ho chiesto se almeno gli angeli esistevano, e Giovanni mi ha detto che non esistono nemmeno gli angeli, e che con tutte queste scemenze le persone rimanevano in catene per tutta la vita.

Senza che Giovanni finisse di parlare sono corso in casa di mia nonna ho spalancato la porta le ho gridato che sarebbe rimasta tutta la vita in catene a mangiare la sua polenta con il gorgonzola perché i ricchi avevano inventato i santi che non esistono, e nemmeno gli angeli esistono. Mia nonna si è messa a gridare aveva in mano il pentolino del gorgonzola ha detto adesso chiamo mio padre e ha chiamato mio padre che è venuto.

Mia nonna gli ha detto che avevo parlato con Giovanni che mi aveva detto un sacco di cose comuniste, e che mi aveva detto di non parlare piú con lui ma io ci avevo parlato lo stesso.

Allora mio padre mi ha dato una sberla e mi ha preso per un orecchio e mi ha portato in cortile da Giovanni adesso vi faccio vedere io a tutti e due, mi ha detto.

Per le scale pregavo l'angelo custode che mio padre mi mollasse l'orecchio e non sgridasse Giovanni oppure che se mio padre non mi lasciava libero pregavo che arrivassero i carri armati della Russia a fare la rivoluzione proletaria e mia nonna dalla porta gridava che ero troppo piccolo, per andare in cortile di sera dove c'è Giovanni che invece quando siamo arrivati non c'era piú, e siamo tornati a casa e mio padre non ha piú parlato, e quella notte ho sognato che arrivava la rivoluzione proletaria, che sparavano contro il mio angelo custode che con i raggi di Dio distruggeva i carri armati, e che tutti i carri armati erano guidati da molti Giovanni con il berretto, e tutti i Giovanni fumavano la pipa seduti nel mio cortile, e avevo un freddo da morire, e Dio saliva per le scale, entrava da mia nonna e la sgridava, perché era esagerata.

Mariella

Mariella diceva «lo pennarello» con una voce che si sentiva tutta la Sicilia che si vedeva sul sussidiario dove c'era la cartina dell'isola e un'immagine di pescatori che tirano le reti quando fa sera, e il sole dietro il mare cade a piombo amareggiato, e rimane soltanto della sabbia sui vestiti dei pescatori che tornano nella casa scrostata della vita che continuamente finisce.

Mariella a scuola non portava mai la merenda non aveva i libri e per questo motivo si faceva prestare un foglio a quadretti strappato dove invece dei problemi di matematica disegnava delle barche rosse come il sole sulle quali si immaginava di scappare di tornare a casa sua.

Mariella era l'ultima della classe arrivata a metà primo quadrimestre nelle elementari della mia vita tutta sgarrupata come un gatto che cerca di dormire che si nasconde per non pensare all'esistenza difficile e tutta sgocciolante di problemi da affrontare durante la messa a mani giunte.

Mariella in chiesa durante la messa del pomeriggio si sedeva sempre dalle parte delle femmine vicina a una suora anziana detta Dente meccanico senza cantare. Io dalla parte dei maschi stavo dietro la riconoscevo ogni volta con lo stesso vestito a fiori pregava di non tornare piú a scuola chiedeva a Dio di scappare lontano.

Io durante il Padre Nostro guardavo verso Dente meccanico tutto il gruppo delle femmine in piedi per pregare nel freddo della chiesa guardavo Mariella che era piccola e silenziosamente pregavo anch'io di scappare lontano con Mariella.

Allora una volta Mariella si è girata verso la porta della chiesa ha guardato dietro non so per quale motivo lo ha fatto e io ho incrociato il suo sguardo piccolo e infinito che fuggiva tra le facce di santi ammazzati tutto da abbracciare nella chiesa piena di suore e di bambine. E in quel momento i nostri occhi si guardavano come per uno sbaglio dolcissimo come la musica della pubblicità di uno scotch americano.

Era il 21 maggio 1975 e tornando a casa dalla chiesa correvo velocissimo cantando mentalmente una confusione del Padre nostro e di una musica americana che avevo sentito alla radio e che diceva delle cose in inglese che non si capivano ugualmente a Mariella quando parlava in siciliano.

Mariella aveva le calze rosse come Pippi Calzelunghe esagerate e pensandola mi ricordava che c'era la differenza tra i maschi e le femmine come l'avevo vista su un libricino che c'era in casa di amici dei miei genitori che si chiamava *La verità sui bambini*. In quel libro c'erano dei disegni tra cui ricordo una bambina che si faceva il bagno in piedi tutta piena di bollicine di schiuma da bagno evidentemente diversa dal bambino maschio che si faceva il bagno in piedi tutto pieno di bollicine di schiuma da bagno due pagine piú avanti.

La bambina differentemente dalla Barbie che avevo aveva un taglio in mezzo alle gambe e come Mariella era molto bella, anche se meno selvaggia e triste.

Il ritorno dei dinosauri sulla Terra

Uno dei vantaggi che hanno gli adulti è fare le cose che fanno male.

Il parroco diceva che negli anni in cui era stato prete gli era successo diverse volte di portare delle persone adulte in cimitero ma gli era capitato anche di fare dei funerali a dei bambini, e questo era terribile perché i bambini non devono morire. Invece gli adulti devono morire ed è per questo che i bambini non possono fare le cose che fanno male fino a che non crescono.

Quando inizi a fare le cose che fanno male vuol dire che puoi morire.

Quando inizi a fare le cose che fanno male vuol dire che puoi fare quello che ti pare.

Una delle cose che fanno male è fumare le sigarette.

Mia madre fumava tantissimo e mi diceva che io non lo potevo fare perché ero piccolo, ma se volevo da grande lo facevo. Allora una volta di nascosto ho preso un pacchetto di sigarette di mia madre, ne ho accesa una e ho tirato. Mi è venuta la tosse fortissima e ho pensato che non ero ancora pronto per le cose che fanno male.

Un'altra cosa che fa male è bere il vino.

Mio nonno aveva la cantina piena di bottiglie di vino e

quando ne portava in casa una la beveva tutta, diventava rosso bestemmiava e andava a dormire senza guardare la televisione. Io una volta ne ho bevuta mezza tutta di un fiato e sentivo che avevo il maremoto che mi usciva dalla gola e sono andato a vomitare e anche quella volta ho pensato che non ero ancora pronto per le cose che degli adulti.

Una cosa che fa male è quando una persona grande impazzisce per un'altra e inizia a comportarsi in modo strano, oppure ammazza qualcuno. Una volta a Viggiú un uomo era sposato con una donna e quando è tornato a casa l'ha trovata che si baciava con un uomo che non era lui, allora ha preso un martello e ha spaccato la testa a tutti e due, poi si è buttato dal balcone ma non è morto ed è finito su tutti i giornali ma questo ai bambini non può capitare perché non si possono sposare e comunque non sono interessati alle persone con cui un altro si bacia.

Allo stesso modo è molto grave andare in macchina troppo veloce perché ti schianti contro un palo, o ammazzi qualcuno che sta attraversando e non ti vede arrivare ed è per questo che non danno la patente ai bambini, nel dubbio è meglio evitare anche solo la tentazione ma nessuno ha pensato di proibire agli adulti di portare i bambini in macchina, caso mai vanno troppo veloci e si possono schiantare come del resto non è proibito agli adulti fare le altre cose che fanno male in presenza dei bambini e per questo una volta ho pensato che i grandi e i bambini dovrebbero vivere in due quartieri separati del paese, ma quando l'ho detto al parroco mi ha risposto di andare in cortile a giocare perché ero piccolo e non dovevo pensare.

Secondo me una cosa che avrebbe fatto molto male sarebbe stato il ritorno dei dinosauri sulla Terra, con la loro voracità di uccidere qualunque persona avrebbero trovato mentre andavano dove volevano saltellando sul terreno che trema per diversi chilometri. Poi una cosa che fa male è arrampicarsi in cima ai pali della luce perché se prendi la scossa muori, o mettersi un sacchetto di plastica della spesa in faccia perché se cerchi di toglierlo ti manca l'aria e piú ti agiti piú il sacchetto ti si stringe addosso fino a quando muori soffocato anche se sei un bambino.

Mia madre mi diceva di stare tranquillo perché i dinosauri non sarebbero tornati mai perché un meteorite gli era caduto sulla testa moltissimi anni fa e da allora la loro vita non aveva la possibilità di tornare, però dovevo stare lo stesso attento ai sacchetti della spesa o arrampicarmi sui pali della luce per evitare la morte che comunque era una cosa a cui non dovevo pensare perché troppo lontana se stavo attento c'era altro a cui pensare ad esempio mettere a posto i giornalini.

La fine dell'infanzia

Un giorno non c'erano bambini ma io e mio padre vicino al lago di Como avevamo visto una giostra che non andava.

Un uomo vecchio leggeva l'Unità ma se qualcuno arrivava e voleva andare sulla giostra l'uomo l'accendeva e i cavalli giravano con le luci accese.

Era una giostra con i cavalli tutti uguali, di quelle che esistono quasi solo sui libri e non aveva nulla di astronavi spaziali, o macchinine.

Siccome ero un bambino ho chiesto a mio padre cinquecento lire per andare dall'uomo che leggeva l'Unità e accendere la giostra per salirci, sopra.

Mio padre mi ha dato i soldi sono andato dall'uomo che ha acceso la giostra.

Io sono salito su uno dei cavalli tutti uguali e la giostra girava lentamente si sono accese le luci io guardavo attorno mi divertivo poi ho visto dei bambini di cinque o sei anni che passavano con i loro genitori mi indicavano e ridevano perché ero troppo vecchio per quella giostra e in quel momento su quella giostra ho capito cosa significa essere un bambino anziano rispetto a quelli che sono nati qualche anno dopo di te che sono davvero bambini mentre tu stai cambiando non sei piú un bambino, al cento per cento non sei piú bambino.

Le donne nude

Uno dei sistemi preferiti dai cugini per divertirsi quando è pomeriggio e fa caldo e non sanno cosa fare è organizzare scherzi ai cugini piú piccoli. Una volta mio cugino che era appunto piú grande di me di tre anni ha approfittato di questa regola e ha iniziato a spruzzare con una bottiglia d'acqua i vicini di casa che prendevano il sole nel loro giardino. Il giardino dei vicini di casa era sotto una finestra di mia nonna che era andata a messa e aveva lasciato me e mio cugino da soli.

Altre volte mio cugino aveva organizzato degli scherzi di cui io ero una vittima. Quando io avevo quattro anni e lui sette mi aveva raccontato una storia per cui se mangiavo le patate crude diventavo immediatamente grande perché anche lui prima di mangiarle aveva quattro anni ma poi le ha mangiate e gliene sono venuti subito sette. E che avrebbe continuato a mangiarne parecchie cosí nel giro di una settimana compiva dieci anni e si comprava una Cinquecento per andare a Varese o anche a Milano a vedere le Ferrari alla Fiera.

Mentre diceva questo prendeva dalla dispensa delle patate piccole e faceva finte di mangiarle, poi me ne dava una e diceva adesso mangiala tu vedrai che diventiamo grandi. Io avevo iniziato a mangiarla e avevo schifo, gliello detto e lui ha incominciato ha ridere e mi ha spiegato che era uno scherzo e che comunque sarei morto, perché le patate crude uccidono chi le mangia in quanto contengono delle sostanze velenose.

Poi non sono morto e siamo andati a correre ma non sapevo come vendicarmi e ho pensato che mia zia era incinta di nuovo e quando questo suo figlio sarebbe nato avrei fatto io a lui tutti gli scherzi che nella mia condizione di cugino minore subivo.

E quella volta che mio cugino ha spruzzato l'acqua ai vicini io stavo colorando i Flinstone in sala, ero tranquillo e avevo i pennarelli nuovi.

Mio cugino è arrivato di corsa e mi ha detto vieni con me che ti faccio vedere alla finestra le donne nude.

Io gli ho detto cosa voleva dire e lui mi ha risposto che fuori dalla finestra della camera c'erano cinque donne nude che prendevano il sole senza le mutande e senza il reggiseno, si erano messe lí pensando che non le vedesse nessuno perché si erano dimenticate della finestra di mia nonna e cosí era riuscito a spiarle. A me non interessano le donne nude gli ho detto perché sto colorando la testa di Wilma in una scenetta dove c'erano Fred e Barny che mangiavano una bistecca di dinosauro grande come tutto il tavolo di mia nonna e mi divertiva farle i capelli blu ma mio cugino ha insistito e mi ha chiesto se avevo mai visto una donna nuda. In effetti io non avevo mai visto una donna nuda ma a causa dell'età non mi interessava molto anche se sentivo che i discorsi che facevano i grandi erano spesso su quell'argomento che mio cugino diceva essere fuori dalla finestra.

Cosí gli ho detto che no, non avevo mai visto una donna nuda ma volevo colorare la testa di Wilma e lui ha insistito, guarda che ce ne sono cinque e una è una bambina bellissima, mi ha tolto i pennarelli di mano e mi ha detto tu devi venire con me a vedere le donne nude, non hai idea di come sono messe lí a prendere il sole nude!

Sono bellissime.

Sono senza mutande.

Sono cinque e se non ci muoviamo si vestono perché fra poco il sole va via e tornano in casa, vieni!

Mio cugino mi ha preso per mano e continuava a ridere.

Io le donne nude non le volevo vedere.

Lui mi ha spinto alla finestra e allora mi sono affacciato un poco e c'erano i vicini vestiti che mi hanno detto ecolo lí il deficiente che tira l'acqua alla gente adesso lo diciamo ai tuoi genitori.

Ufo solar

L'ufo solar era un regalo per terrorizzare i cittadini e gli abitanti limitrofi del paese in cui era stato acquistato, dove delle volte arrivava portato dal vento prima di esplodere per troppa, inaudita pressione, e faceva parte di una famiglia di giocattoli che non ce la fanno a essere uguali agli altri, come i sacchetti con dentro le palline da imballaggio che scoppiano, che non sono un giocattolo anche se è possibile giocarci, ma non si può vendere e allo stesso modo l'ufo solar era un sacco della spazzatura piú grande degli altri e per questo era contenuto in un sacchetto e venduto nelle edicole degli Anni Settanta.

Perché sopra il sacchetto dentro il quale era posto in vendita c'era scritto che l'ufo solar non era un giocattolo ma un vero esperimento di chimica per bambini in quanto lo si gonfiava correndo e una volta che era pieno d'aria per effetto del riscaldamento del sole al suo interno con i raggi iniziava a decollare trattenuto a terra da un filo dotato nel sacchetto.

Una volta assieme a degli amici eravamo andati a una processione nella quale c'erano tutti i genitori a parte i miei che dovevano lavorare. Io ero l'unico bambino senza genitori e per emozionarci siamo scappati dai grandi, ci siamo infilati in una stradina che portava a dove si trovano i proiettili usati del tipo a piattello, che si possono usare per infilarseli nelle dita e produrre suoni, anche seguendo canzoni o battendo le dita su un cancello par dare fastidio.

In quegli anni spesso nelle città apparivano gli ufo o anche nelle campagne si moltiplicavano le apparizioni di altre forma di vita volante. Per questo motivo si andava sulle montagne con un cannocchiale a guardare se improvvisamente nel cielo avvistavi un oggetto non identificato.

Abbiamo raccolto le cartucce e le abbiamo infilate nelle mani come dei marziani e siamo tornati dove c'era la processione e la madri arrabbiate ci chiedevano perché eravamo andati lontano.

Un giorno sul Corriere della Sera c'era spiegato che molti ufo non venivano dallo spazio ma erano ufo solar scappati ai bambini o ai loro genitori perché non avevano fatto il nodo bene, oppure si era impigliato nei rami di un albero e alla fine si era liberato e volando nel cielo prima di scoppiare qualcuno lo aveva guardato con il cannocchiale o anche fotografato spiegando a tutti l'esistenza dei marziani o dei russi arrivati a spiare la provincia di Varese esattamente come succedeva in America e piano piano in ogni zona della Terra.

Noi bambini stavamo zitti e le madri gridavano e qualcuno è scoppiato a piangere e tutti davano la colpa a tutti con i genitori che li ascoltavano e davano la colpa ai bambini degli altri genitori facendo sí con la testa fino a che non si è fatto, completamente, silenzio.

Anche io ho avuto un ufo solar sfortunato che dopo averlo gonfiato avevo iniziato a correre e alla fine si è levato in volo e mi è scappato perché non avevo tenuto il filo bene e l'ho rincorso. Un grosso sacco della spazzatura pieno di energia del sole per le vie di Viggiú era mio fino a quando non mi è scappato di mano e lo visto molle come un'elefante d'aria nera è andato contro l'insegna del distributore della benzina e rimaneva lí fermo nell'aria a pochi metri d'altezza senza che nessuno lo potesse scambiare per un'astronave era impossibile tirarlo giú fino a che è arrivata la sera e piano piano si è sgonfiato è sceso ugualmente a me quella volta alla processione quando tutte le mamme hanno incominciato a accusare me di essere stato io a decidere di andare nella stradina a prendere le cartucce usate

ero sospeso nell'aria non avevo senso aspettavo che la luce del sole finisse tutta l'energia che dentro di me fino a quel pomeriggio si era accumulata come un giocattolo di una famiglia che non ce la fa a essere uguale agli altri alla fine si capisce che non serve e tutti distolgono l'attenzione,

riprendono la processione

Per sempre

«È in questa carcassa lunga un braccio marino
con la sua mente e le sue idee che, io dico, c'è il mondo,
l'origine del mondo, la fine del mondo,
e il sentiero che conduce all'estinzione del mondo».
Shakyamuni Budda, *Canone Theravada, S I 62*

Facendo la stradina che si fa per andare con la nonna a Sant'Elia, vicino a dove c'è la porticina dei morti di tutte le guerre, ho chiesto a mia nonna perché ci sono queste guerre.

Mia nonna, ha pensato ha detto è come i cervi volanti.

Ogni tanto si ammazzano sul balcone.

O altri animali.

Però nonna le ho detto i cervi volanti è vero non si ammazzano tutti all'improvviso, per anni, e continuano a farlo finendo accatastati uno sull'altro, a migliaia.

Io avevo visto due cervi volanti che si ammazzavano.

Uno è morto, e dopo basta.

Quell'altro è volato via e io sono andato a comprare una coppa smeralda e tutta la vita attorno era uguale a prima, mio padre aveva parcheggiato la macchina in piazza della chiesa e c'era una donna che non avevo mai visto che alla finestra urlava a una ragazza di portare su in casa una scatola di arance.

Invece le persone quando fanno la guerra vanno avanti a uccidersi fino a che li studiano a scuola. Si avvelenano, si accoltellano, si sganciano le bombe atomiche addosso.

Poi aspettano un po' e fanno un'altra guerra.

Mia nonna ha detto che io i cervi volanti non li capivo bene e mi ha fatto tenerezza, perché si era incasinata, guardava gli alberi. Le erano venuti in mente i cervi volanti e ci aveva provato, a spiegarmi la guerra.

Un conto, sono i cervi volanti.

Un conto, è la guerra.

Io avevo letto su un libro con la copertina gialla, su Hitler, che è perché una persona uccide un'altra persona che deve essere importante. Allora quella è una scusa per iniziare a ammazzarsi tutti. Quando si inizia non si sa come va a finire e in genere non finisce mai. Io pensavo che la guerra sui giornalini è disegnata bene, e alla fine ci sono le barzellette e le pubblicità degli altri giornalini.

Alla fine delle guerre vere nei documentari delle tele si vede che è tutto distrutto, allora potevano fare a meno di costruire le case, di fare le città che poi con la guerre sono da rifare tutte,e anche le persone bisogna farne nascere di nuove.

Tutto questo pensavo lí.

Perché andando in via Sant'Elia a un certo punto c'è una porta rossa arrugginita che mia nonna mi ha spiegato cos'è.

È sempre piena di foglie marce davanti e cigola.

Dentro si vede il buio piú profondo di tutti gli altri spaventosi, incredibili bui che a chiunque è capitato di vedere.

È la porticina dei morti di tutte le guerre.

Quella, ha detto mia nonna, è una porticina che esiste da sempre. È lí dalla preistoria cigola. Nel corso del tempo ci sono state le guerre, e ogni guerra ha distrutto tutto quello che c'era.

Solo quella porta rimaneva rossa arrugginita.

Dentro ci mettevano i morti, e poi diventava una porta immensa dentro, e ci mettevano le altre cose, tutte quelle che la guerra aveva rovinato per sempre.

I ponti e le famiglie.

E dentro tutto quanto arrugginiva nei secoli.

Da quella porticina uscivano gli incubi che volevano rinascere. Cosí la notte smuovevano le foglie e andavano dappertutto.

L'odore della guerra è arrugginito.

È accumulato da sempre e non cambia mai.

In via Sant'Elia si sente.

È un odore misto di case e di persone insanguinate, ci sono delle mani per terra e quando passi di lí lo senti. Tutti i fantasmi abitano lí dentro e raccontano le loro storie di guerra. Di quando erano giovani e tutto era piú bello. Ma sono morti da tantissimo tempo e nessuno li ascolta.

Sono dentro la porticina.

Mio zio lo sapeva.

Uno zio suo era stato ferito nella prima guerra mondiale. Stava seduto vicino al fuoco e mi raccontava sempre la stessa storia. Avevano accoltellato due nemici e si erano salvati.

Poi tossiva e mi chiedeva chi ero.

Poi mi raccontava di nuovo quando avevano accoltellato i nemici. Con il coltello sulla fine del fucile.

Muoveva le braccia per aria e mi spiegava come si uccide una persona.

E come se ne uccide un'altra.

Poi lui è morto da tempo aveva nostalgia delle sparatorie ed è finito nella porticina dei morti di tutte le guerre che io ho sognato una notte che alla tele hanno fatto vedere Hitler in aereo.

Ho guardato dentro e c'era una festa di persone con la testa spaccata in due che bevevano la birra e cantavano che le guerre sono dei posti che nessuno capisce se non ci va di persona come avevano fatto loro e per questo bisogna organizzarsi ogni volta.

Erano seduti a un tavolo e dicevano che per questo bisogna farne sempre di nuove.

Avevano la divisa macchiata di sangue e si facevano i complimenti e si sparavano e continuavano a parlare.

Poi in fondo al corridoio che c'era dentro alla porticina c'era un tunnel che conduceva tutti i morti attraverso i secoli verso una luce fortissima dove si sciioglievano tutti, diventavano delle piccole pozzanghere rosse e piano piano non rimaneva piú niente, nessuno si ricordava piú delle loro storie raccontate, e come gli uni con gli altri si erano uccisi.

E quella luce era piú forte del sole e era cattiva.

In mezzo c'era una strega che diceva che era la luce della gloria, era la luce della libertà e della vita, della pace ma quella era una strega che non capiva niente, e le usciva il sangue della bocca ma solo io capivo.

Lei era un vortice da dove venivano i pensieri di tutte le guerre, e dove tutti i pensieri della guerra finiscono.

Lei era piú potente di Dio.
E diceva di essere Dio.
E che esisteva da sempre.
E che esisterà per sempre perché.
Prima che finisse di parlare mi sono svegliato.
Prima che mi svegliassi ho capito.
Di non dire mai ai grandi.
Quello che i bambini sognano.
E le streghe.
Che per sempre.
Al posto di Dio.
Prendono il suo nome.
E dicono.

Prima di svegliarmi.

E io da sette anni ero già nato.

Indice

p. 3 La piú grande balena morta della Lombardia
5 I Ricchi e Poveri
8 Sardegna Sardegna
14 L'omino Bialetti
15 Toni Negri
16 Il giorno dell'arresto di Enzo Tortora sotto le scale ho incontrato un extraterrestre che
19 Una vera mancanza d'infinito
21 Ritratto di donna velata
22 I Rockets
24 Un giornalino del terrore
27 Le voci
38 La Drago
40 Ciascuno deve pensare a Cicciolina per sé
47 Nessuno va a trovarli mai
50 Donatella
52 Il gatto orrendo
59 Pallino
60 L'elastico dell'angelo custode
68 La ciminiera
72 Un ragazzo
73 La bufera
82 Gli adulti di questi millenni
85 Il Cottolengo
90 Il Piccolo Chimico Universale
92 Grande religione occidentale
93 Due fatti del luglio 1976
98 Il giorno piú bello della mia vita
99 Re Cecconi

p. 100 Mio papà fa l'impiegato al cimitero
101 Faccia di Giuseppe
103 Ufo
108 I negozi dei vecchi
111 La carne cruda!
114 Tetsujin 28-GO e gli altri 22 robot scappati dal negozio di giocattoli della Battagliola per prendere il potere del Comune di Viggiú e poi della Terra
123 Superman e il fuoco di Sant'Antonio
126 La figurina
127 Le ossa
129 Quella volta che Pelè è uscito dal mio disco bianco, e si è nascosto in cucina, ma mia madre diceva di no, diceva che io ero ipnotizzato!
135 Una bambina nascosta sulle scale
138 Ping
141 Sette rettangoli grigi
144 L'invenzione della televisione a colori
147 Alla fine di Diabolik
150 La villa dei Mammoli
154 Cosa era il comunismo
159 Mariella
162 Il ritorno dei dinosauri sulla Terra
165 La fine dell'infanzia
167 Le donne nude
170 Ufo solar
173 Per sempre

Stampato per conto della Casa editrice Einaudi
presso Mondadori Printing S.p.A., Stabilimento N.S.M., Cles (Trento)
nel mese di marzo 2004

C.L. 16900

Edizione								Anno			
1	2	3	4	5	6	7	8	2004	2005	2006	2007